AF187525

# 44° Celsius

Altes Land, Sommer 2044

Kriminalroman

Neuauflage

Hein Paler

# 44° Celsius

Altes Land, Sommer 2044

Kriminalroman

Neuauflage

*Personen, Ereignisse, Institutionen und Firmen sind frei erfunden.*

## Impressum

Bibliografische Information der Deutschen

Nationalbibliothek:

Die Deutsche Nationalbibliothek verzeichnet diese
Publikation in der Deutschen Nationalbibliografie;

detaillierte bibliografische Daten sind im Internet über

http://bnb.bdb.de abrufbar.


© 2020 Hein Pasler

Herstellung und Verlag: BoD – Books on Demand

Norderstedt

ISBN: 9 783750 498655

44° Celsius    Altes Land, Sommer 2044   /  Neuauflage

# 39° C

"Vor 35 Jahren flohen wir vor der Wüste", meinte gestern meine Mutter, "jetzt folgt sie uns bis an die Elbe." Georgieta Müller sprach mit ihrer Kollegin, der Bezirks-Polizistin Maike Rupach: "Bis auf 44 Grad wird das Thermometer noch steigen. Dabei ist schon die heutige Hitze unerträglich."

"Auch für dich? Ihr kamt doch aus Sierra Leone, Georgieta. Ist dort solche Hitze nicht normal?"

"Nein, Maike. In Westafrika wurden diese Temperaturen erst vor 15 Jahren zur Normalität. Und mit dieser Hitze verwandeln sich auch die wenigen Reste unseres ehemaligen Ackerlandes in Wüste. Letztes Jahr überführten wir die Urnen meiner Großeltern nach Sierra Leone. Sie wollten im Gebiet der Temne in der Erde liegen, in ihrem alten Dorf. Dort hatten sie ihre Wurzeln.

Meine Mutter war noch im Land ihrer Eltern aufgewachsen und brach in Tränen aus. Um das Dorf herum breitet sich eine Mondlandschaft aus, Maike. Pflanzen, Straßen, Häuser, Fahrzeuge, Tiere... alles wird von einer millimeterhohen Staubschicht bedeckt. "Vor einer Generation konnten die Dorfbewohner noch vom Ackerbau leben", erzählte meine Mutter, "aber wir wussten, dass die Steppe kommt. Wir mussten gehen. *Wir mussten.*"
Während unserer fünf Tage in Sierra Leone alterte meine Mutter um Jahre. Für sie war es ein doppelter Abschied, der von ihren Eltern und der vom Land ihrer Kindheit, das nicht mehr Heimat sein kann."

"Sieht sie denn jetzt in Deutschland ihre Heimat, so wie du?"

Georgieta, die Um-die-Ecken-Denkende, überlegte kurz, ehe sie antwortete: "In unserem Deutschland entwickelte meine Mutter nur Luftwurzeln, ein paar erfolgreich, viele starben ab. Ich selbst bin eine flachwurzelnde Pflanze, die in allen Richtungen nach Halt sucht und ihn auch gefunden hat. Meine Töchter entwickeln Pfahlwurzeln. Die korrigieren mich fleißig, wenn ich nicht korrekt Deutsch spreche."

Maike lachte und fragte: "Wirst du später den Pfahlwurzlerinnen einmal die Heimat ihrer Großeltern zeigen?"

"Nein. Die sähen dort nur eine öde, staubige Steppe unter einem wolken- und gnadenlosen Himmel. Mom und ich haben ausgemacht, den Mädchen nicht vorzusingen, was dort einmal war. Sie sollen und werden hier leben. Außerdem teilen sie mit ihrem Vater europäische Wurzeln."

Maike sagte: "Vielleicht werden sie euch einmal nach den Löwenbergen fragen."

"Das würde uns freuen. Wir gäben ihnen gerne Auskünfte."

"Wenn da in Sierra Leone keine sinnvolle Landwirtschaft mehr möglich ist, zeigt mir das, wie sinnvoll die Investitionen für das *Wassernetz Europa* sind."

"Sie sind mehr als sinnvoll, sie sind notwendig. Ohne Wasser gibt es kein Leben, keine Existenz und keine Zivilisation. Wobei bereits die heutigen Temperaturen für mich unerträglich sind, trotz meiner afrikanischen Wurzeln. Hitze von 39° Celsius, die killt mich. Dich auch, Maike? - Apropos Totenreich, gibt es Neues von den Jensens?"

Georgietas harmlos klingende Frage ließ Maike auffahren. Die beiden Bezirks-Polizistinnen Maike Rupach und Georgieta Müller bildeten seit vier Jahren das sehr erfolgreiche *Team3: MiKi.* "Georgieta und Maike ziehen stets an einem Strang", sagten die Kolleg*Innen. Doch aktuell gab es einen Punkt, in dem sie absolut nicht einer Meinung waren. Für Maike hatte Sara Jensen ihren Mann getötet.

Maike Rupach nahm die Hand vom Steuer. Der PolTra 223 kannte den Weg. Das kybernetische System der *Landespolizei Niedersachsen* übernahm die Lenkung. In genau 9:19 Minuten würde das Fahrzeug in vor ihrem kleinen Dienstgebäude in Mittelnkirchen stoppen. Die dienstliche Bezeichnung ihres Bezirks-Reviers war *MiKi*.

Maike drehte sich zu Georgieta. Mit großer Geduld wiederholte sie eindringlich ihre Argumente für Sara Jensens Schuld. "Wolter Jensen wurde von seiner Frau getötet. Alles spricht dafür. Erstens hat sie fünf Monate vor dem Verschwinden ihres Mannes die Summe seiner Lebensversicherung verdreifacht, auf zweieinhalb Millionen."

Zweitens segelten die Jensens vor der kroatischen Küste, das zum allerersten Mal. Bis dahin kletterten sie, wenn sie Urlaub machten, jedes Jahr in den Schweizer Alpen.

Drittens sprang ihr Mann genau vor einer Woche von der Segelyacht, die die Jensens gemietet hatten, in die Adria und verschwand auf Nimmerwiedersehen. Die Besatzungen von vier in der Nähe segelnden Schiffen beobachteten, wie Sara Jensen zur gleichen Zeit unbekümmert ein Buch las.

Viertens gab sie plötzlich ohne erkennbaren Grund Alarm. Nach Aussagen von Zeugen und den Protokollen der kroatischen Polizei wirkte sie in den darauffolgenden Stunden weder besorgt noch aufgeregt. Obwohl ihr Mann trotz gründlicher Suche nicht gefunden wurde.

Fünftens verließ Sara Jensen vier Tage später Kroatien. Bis dahin fand sich kein einziger Hinweis auf ihren Mann. Aber sie fuhr munter und tiefenentspannt ins Alte Land zurück.

Sie muss sechstens nur noch zwei Jahre warten, dann gehören die Millionen ihr. Mein Fazit: Sie tötete ihren Mann. Ganz sicher!"


Georgieta schüttelte den Kopf: "Maike, mit deinem Tunnelblick konstruierst du einen Fall, der keiner ist. Die gegen Frau Jensen sprechen-den Fakten blenden dich. Alle entlastenden Punkte nimmst du nicht wahr. Zum Beispiel haben die Jensens eine äußerst harmonische Beziehung. Auch die sonst vom kleinsten Dreck wissenden Nachbarn können über keine Krisen oder Affären der beiden berichten. Nicht einmal Seitensprünge werden den Jensens nachgesagt.
Und Segeln gingen die Jensens, weil im Sommer niemand mehr in den Alpen wandern kann. Dort folgt von Juni bis September ein Gewitter dem anderen.

Zu Wolter Jensens Sprung ins Meer: Warum sollte sich Sara Jensen in diesem Moment Sorgen um ihren Mann machen? Er war bei den deutschen Meisterschaften im Freistilschwimmen jeweils dritter auf der 200- und 400-Meter-Strecke. Frau Jensen konnte sich gar nicht vorstellen, dass ihr Mann ertrinkt.

Als sie das Verschwinden ihres Mannes realisierte, geriet sie in eine Glasglocke. Darf ich dich daran erinnern, dass sie nach Aussage aller Befragten niemals Gefühle zeigt? Ihre Nachbarn, die Dressens, meinten ironisch, Sara Jensen wisse nicht, was Gefühle sind."

"Richtig, die Frau ist so kalt, die bemerkt nicht einmal, dass die augenblicklichen Temperaturen 39° C betragen", erwiderte Maike. Der PolTra 223 rollte aus; ein perfekt ausgestatteter Polizei-Transporter *Typ 4,7 T* (für 4,7 Tonnen Gewicht), mit einer Basisausrüstung für alle denkbaren Polizeieinsätze, Internet-Equipment und drei Monitoren, sechs Sitzplätzen, sowie zwei Liegen zum

Transport von Verletzten und einer kleinen Gummizelle für Verhaftete mit Drogen- oder Hitzekoller. Die Anzeige des Brennstoffmotors switchte auf Rot, die Temperaturanzeige der Klimaanlage sprang auf der Stelle von 30° C auf 32° C.

Georgieta nickte Maike zu. Beide atmeten tief ein, öffneten die Türen und befanden sich in einem großen Backofen. Von rechts strömte eine kaum merkbare Brise. Die heiße Luft heizte ihre Uniformen von jetzt auf gleich unerträglich auf. Die breitkrempigen Diensthüte gaben zwar Schatten, ließen aber ein Gefühl zusätzlicher Hitze entstehen. "Wann kommen die Kühlhelme?"

"Übermorgen."

"Wenn wir bis dahin nicht geschmolzen sind."


Im Dienstgebäude stellte Georgieta das Klima auf kühle 31° C ein. Maike stöhnte: "Draußen schmeißt die Sonne zum Backofen noch den Grill an. Dieser Sommer wird eine ultimative Herausforderung." Sie meldete ihre Ankunft im Dienstgebäude Mittelnkirchen zur Bezirksdirektion Bremervörde: *"Team3: MiKi* hat sein Zentrum bezogen!" Gemeinsam kontrollierten die Bezirks-Polizistinnen die letzten Informations-Protokolle auf den Monitoren. Dunkelblau unterlegt.

========================================

Landespolizei Niedersachsen

Bezirksdirektion Bremervörde---Informations-Protokoll
7.18h

Vorfälle letzte Nacht

## Nottensdorf

Gegen 21.45 Uhr kippte ein Apfelpflückroboter um und verkeilte sich zwischen zwei Bäumen. Der Landmaschinen-Service wurde für heute bestellt.

## Fredenbeck

Über einer Plantage stürzten zeitnah drei Bestäubungs-Drohnen ab. Ihre Akkus waren unsachgemäß nur zu 60% geladen.

## Mittelnkirchen

Der Bauer Wilm Gont, Deichpfad 2, torkelte gegen 23.30 Uhr johlend durch den Ort. Das *Team1: MiKi* brachte ihn nach Hause, stellte ihn unter die Dusche und legte ihn ins Bett.

--- ---

==================================

"Da machten unsere Kollegen ja kurzen Prozess mit Wilm", lachte Georgieta.

"Hoffentlich kriegt der bald eine Frau ab. Vermögen hat er ja", murmelte Maike.

"Welche Frau heiratet einen Mann mit Vermögen, aber ohne Verstand und ohne Sex?", fragte Georgieta.

"Nun, zwei mögliche Bewerberinnen aus Mittelnkirchen könnte ich dir nennen", sagte Maike.

Georgieta schnaubte verächtlich: "Armes Altes Land."

Dann wechselte sie das Thema: "Was machen deine Zwillinge?"

Maike lächelte: "Für Hanno sind Mädchen immer noch das überflüssigste auf der Welt, und Jörgen erlebt im Alter von 14 Jahren und zwei Wochen seine erste traumatische Beziehungskrise."

"Wie bitte?", fragte Georgieta; "Rika und er sind doch seit einem Jahr *das Traumpaar* im Alten Land."

Maike nickte: "Torsten und ich hatten mit Rikes Eltern, den Bremers, schon Details der Hochzeit unseres Nachwuchses angedacht. Aber vor kurzem geriet Jörgen in den Bann der Ausstrahlung einer Doren aus der Nachbarklasse und lud dummerweise auch dieses Mädchen zu seinem Geburtstag ein. Da hat Rika ihr die Augen ausgekratzt und ihm die Freundschaft gekündigt. Nun sind Rika und Jörgen das unglücklichste Pärchen in ganz Buxtehude."

"Au weia!", kommentierte Georgieta, "hoffentlich packt Jörgen das Schuljahr. Er zählt doch zu den Wackelkandidaten."

"Unter diesen Umständen wette ich 60:40 gegen ihn", murmelte seine Mutter.

Die beiden Bezirks-Polizistinnen bereiteten sich auf ihre

erste Aufgabe vor. Heute waren die Grundwasserstände im Südwestbezirk zu prüfen. Das *Wasser-Netz-Deutschland* hatte dort letzte Nacht den Boden mit 100 m³ Wasser versorgt. Die Generation zuvor hatte Wichtiges geleistet. In Deutschland verssteppte der Boden nicht, so wie in Teilen Skandinaviens. Der europäische Norden hatte auf die Verlässlichkeit der dortigen Niederschläge gesetzt. Das erwies sich als böser Fehler und die Skandinavier mussten, weil sie sich *kein Wasser stricken konnten,* Unsummen von Geld einsetzen, um das Veröden ihrer Böden zu stoppen.

Das *Team3: MiKi* brach in Richtung Harsefeld auf. Überprüfungen der Grundwasserstände gehörten seit einem Jahrzehnt zu den hoheitlichen Aufgaben der Polizei in Polen, Belgien, Deutschland und den Niederlanden. Diese Länder waren der Kern des *Wassernetzes Europa*, dem sich zehn weitere Staaten angeschlossen hatten.

"Wenn wir den Südwestbezirk aufsuchen, können wir auch in Bliedersdorf vorbei", schlug Maike vor. Georgieta lehnte ab: "Harsefeld hat Priorität. Da gingen wir bereits seit sechs Wochen keine Streife."

"Wir *gehen* doch schon seit drei Wochen überhaupt keine Streife."

"Entschuldige bitte, mich riss ich die Macht sprachlicher Gewohnheit hin. Also, wir *fahren* Streife. Schließlich geht bei dieser brüllenden Hitze kein Mensch freiwillig auch nur einen Nanometer. Aber trotzdem liegt heute Harsefeld in unserem Visier."

"Gab es in Harsefeld je eine bedeutende Straftat, Georgieta? Richtig, wie konnte ich das vergessen? Vor fünf Monaten wurde dort die Jacke eines Mädchens gestohlen! Wir recherchierten intensiv und lösten schließlich diesen komplexen Fall. Das Kind hatte seine Jacke in der Grundschule vergessen."

"Meike, ich weiß, für *dich* ist Bliedersdorf das Epizentrum der norddeutschen Kriminalität. Denn dort wohnt *Sara Jensen!* Deren Anwesen ist inzwischen das bestüberwachte im Bereich der Polizeidirektion Bremervörde."

Maike Rupachs Augen blitzten vor Aggression: "Sara Jensen hat ihren Mann ermordet. *Punkt!*"

"Na dann, Doppelpunkt. Programmiere *Hamburger Chaussee 28, Bliedersdorf,* in die Fahrtroute ein, Maike. Aber sprich bitte erst wieder von der Jensen, wenn es einen Grund gibt, sie zu verhaften."

Beinahe wäre Maike die Bemerkung "Den werden wir schon bald haben!" herausgerutscht. Doch damit hätte sie die Stimmung für den ganzen Tag verdorben. "Diese Affenhitze", dachte sie, "die macht uns gleichzeitig schlapp und aggressiv." Schnell verschloss sie das polizeiliche Dienstschlösschen Mittelnkirchen und das *Team3: MiKi* eilte zum PolTra 223.

Maike gab die Fahrtroute ein, Georgieta stellte die Klimaanlage auf 31° Celsius und verstaute die Getränke und Kühlelemente für die heutige Patrouille im Kühlschrank. "Ich checke noch, welche Order Kommissar *Ganz Wichtig* uns für heute erteilte." Georgieta Müller gab den neunstelligen Dienstcode ein, auf dem Monitor erschien das dunkelblau unterlegte Blatt

========================================

Landespolizei Niedersachsen

Bezirksdirektion Bremervörde ---
       Kommissar Lennart Gantswig     7.57 h

Informationen für *Team3: MiKi*
        *Bezirks-Revier Mittelnkirchen*

---Diebstahl von drei Skulpturen.
Galerie *Knudsen* in Sittensen. [ Info Blatt 306 ]

---Eine Seniorin in Cuxhaven und ein Senior in Rotenburg/ Wümme verschwunden [ Info Blatt 503 ]

**---WICHTIG!--- Wasserstände Grundwasser**

Alle Werte in den Nachbarbezirken lagen nach Auffüllung vier Millimeter unter Soll. Bitte unsere aktuellen Stände doppelt überprüfen. Ergebnisse zeitgleich an Innenministerium – Dezernat 7-D-4 übermitteln [Formular W 4 ].

--- ---

=============================================

Georgieta überspielte die Info-Blätter 306 und 503 auf ihre Dienst-Phones. Das Formular W 4 zur Übermittlung der Wasserstandswerte zählte eh zum festen Bestand. Eine weitere Information lief auf. *Grundbuch Stade.* Was wollten die denn? Sie gab die Info auf den kleinen Monitor. "Ekke Nekkepenn!"

Maike fragte: "Was ist los?"

"Frau Jensen. Sie widmet 13 Prozent der Obstbaumplantagen ihrer Familie in Wassergewinnungs-Gebiete um. Ihr Mann war doch strikt dagegen!" Die beiden sahen sich verblüfft an.

Als Jensens großes, reetgedecktes Fachwerkhaus am Horizont auftauchte, schlug Georgieta vor, ihr Bezirks-Revier auf den Bockelsberg zu verlegen: "Dort oben in der alpinen Höhe von 25,4 Metern arbeiteten wir in einer angenehmeren Klimazone als hier unten in den Niederungen des Alten Landes."

Maike stimmte zu: "Das ist der Verbesserungsvorschlag des Jahres! Vom Bockelsberg aus können wir jederzeit Sara Jensens Wohnzimmer einsehen."

Zum großen Hofgebäude der Jensens führte ein von jungen Pappeln gesäumter Weg. Der parkähnliche Garten beeindruckte. Vor dem Fachwerkhaus stand ein Kleintransporter, in den drei Männer einen schweren Küchenschrank verfrachteten.

"Das gibt es doch nicht. Auf dieses Erbstück ist Wolter Jensen doch so stolz. Oder er *war* darauf stolz. Unser Lokal-TV interviewte ihn letztes Jahr wegen der Einmaligkeit dieses Schrankes. Also, Sara Jensen schafft rasch Fakten. Das spricht eindeutig für ihre Schuld!" Maike drückte die kybernetische Steuerung weg und lenkte den Polizeiwagen zum repräsentativen Fachwerkhaus der Jensens.
Die drei schweißgebadeten Männer wuchteten den Schrank routiniert auf die Ladefläche. Selbst der ausgewachsene Dalmatiner konnte sie nicht aus der Ruhe bringen. Mit aufgeregten Sprüngen umkreiste der Hund den Möbeltransporter. An zwei Stellen stoppte der Dalmatiner und knurrte böse, ehe er weiter um das Fahrzeug sprang.

"*Chef,* ins Haus!" Die klangvolle Stimme gehörte zu einer Frau mit einem schlanken, durchtrainierten Körper. Mund und Nase harmonierten mit der ovalen Gesichtsform, die von schulterlangen braunen Haaren umrahmt wurde.

Durch die sanft getönte Sonnenbrille konnte das *Team3: MiKi* Sara Jensens dunkle Augen erkennen. "Ihr ist nicht anzumerken, dass sie schon in den Fünfzigern ist", dachte Georgieta neidlos.

Der Dalmatiner namens *Chef* trollte sich sofort ins Haus. Seine Herrin kannte keinen Widerspruch. "Guten Tag", begrüßte Sara Jensen die beiden Bezirks-Polizistinnen, "gibt es Neuigkeiten? Wurde mein Mann gefunden?"

Ihre Stimme klang sanft. Steckte Freundlichkeit in diesen Tönen oder ein Auf-Distanz-Gehen? "Diese Frau lässt sich schwer einordnen", stellte Georgieta fest. Sara Jensen wies ins Haus. Ihre lässige Kleidung stammte aus keinem Kaufhaus.

Das Gespräch begann zwanglos am Küchentisch. "Sie möchten sicher etwas Saft trinken."

Als die Gläser mit kühlem Apfelsaft auf dem Tisch standen, erklärte Maike: "Leider gibt es keine Neuigkeiten, wir haben nur neue Fragen.

"Wolter ist jetzt seit einer Woche verschwunden, und es gibt noch immer kein Lebenszeichen von ihm?  Das ist kein gutes Zeichen... Welche Fragen hätten Sie?" Änderte sich der Tonfall in Frau Jensen Stimme?

"Der Küchenschrank." Maike versuchte es mit Überrumpelung. "Ihr Mann meinte doch letztes Jahr während des TV-Interviews, der sei ein heiliges Erbstück für ihn."

"Ja, damals traf das noch zu. Aber der Schrank stand schon damals nur isoliert in der Diele herum, ohne Bezug zum Raum und anderen Möbeln. Jetzt gestalten wir die Diele völlig neu. Das ist eines unserer gemeinsamen Projekte."

Georgieta hörte genau hin: "*Ist!* Sara Jensen sagte gerade "*ist* eines unserer Projekte", nicht *"war".* Für sie lebt ihr Mann noch. Andererseits wirkt sie emotional unterkühlt für eine Frau, deren Ehepartner verschwunden ist. Ob sie versucht, uns zu täuschen?"

Sachlich berichtete Sara Jensen über das Dielen-Projekt. "In Salzburg fanden wir bei einem Antiquitätenhändler einen Schrank, der unseren Vorstellungen entsprach."

„Wir fuhren über Salzburg nach Kroatien", ergänzte sie, "Und im Austausch bekommt der Händler Wolters Erbschrank. Kommen Sie, ich zeige Ihnen unser neues Wohn-Juwel. Wolter und ich hatten uns gleich in dieses Möbel verguckt."

Sara Jensen hatte recht. Der neue Schrank, der in seiner Größe dem alten in nichts nachstand, ergänzte die Diele und ihr Interieur vortrefflich. An den äußeren Schranktüren hingen noch Schutzdecken von *Antiquitäten Mahltaler Salzburg*. "Ein Traum von Raum", meinte Georgieta anerkennend. Auch wenn Sara Jensen weder durch ihre Stimme noch durch ihre Mimik Gefühle preisgab, die Gestaltung der Küche und der Diele zeigten, dass sie ein Gespür für Wohlbefinden und Harmonie besaß. "Beweist das nicht auch die Wahl ihrer Kleidung? Und doch, etwas trübt ihre Augen, ihr Gesicht… Und wenn ich genau hinhöre, merke ich, dass ihre Stimme belegt ist", grübelte Georgieta.

Auch Maike äußerte sich begeistert über Details der Diele, den großen ovalen Tisch, umstellt von einem Ensemble aus zum Sitzen einladenden Stühlen und dem langen Sofa. Sie bestaunte die Blickwinkel, die sich von den Sitzmöbeln her ergaben, das anheimelnde Farbspiel von Blassblau und Zartgelb undundund… ehe sie direkt zum zweiten Angriff startete: "Frau Jensen, das Grundbuch Stade teilte uns mit, dass Sie den Obstbaumgrund bei Issendorf für die Wassergewinnung umwidmen ließen. Ihr Mann lehnte das doch kategorisch ab."

Sara Jensen ging zuerst auf Maikes positive Äußerungen ein (Wollte sie Zeit gewinnen?). Zufrieden glitten ihre Augen durch die neugestaltete Diele: "Die überdimensionalen Vorhänge mit den Apfelbaum-Mustern entdeckten wir in Jever, vor einem halben Jahr. Aus unserer Begeisterung für diese Vorhänge entwickelte sich der Zwang, die

Diele neu zu gestalten. Denn Wolter und mir wurde beim prüfenden Gang durch unser Haus klar: Nur in der Diele können die Apfelbaum-Vorhänge ihre Wirkung entfalten."

Ohne Pause oder Überleitung ging Sara Jensen auf Maikes inquisitorische Frage ein: "Über die Umwidmung der westlichen Obstwiesen liegen Wolter und ich tatsächlich im Clinch. Ich bin für die Umwidmung. Die Kaufsumme ist angemessen, und ich fürchte eine mögliche Enteignung. Wolter hat im Prinzip recht. Mit dem westlichen Grund geben wir unsere besten Böden auf. Egal, welche Sorten wir dort bei Issendorf ansetzen. Auf dem Boden dort gedeihen überdurchschnittliche Erträge, selbst von Sorten, die anderswo kläglich verkümmern.

Aber leider stecke ich in einer Zwangssituation. Wolter ist verschwunden. Und plötzlich verlangen Lieferanten Vorkasse; wünschen Abnehmer, über mit Wolter ausgehandelte Kaufsummen noch einmal zu diskutieren. Wenn die Gegenseite aber genau weiß, dass ich über flexible Geldsummen verfüge, muss sie mit mir auf Augenhöhe verhandeln. Sie kennen den klassischen Grundsatz: Wer hat, dem wird gegeben. Wer nicht hat, dem wird genommen.

Wolter ist nicht da. Ich muss heute handeln, exakter: Ich musste schon gestern handeln. Wenn Wolter zurückkommt, wird er mich zwar verfluchen, mir aber letztlich zustimmen. Die Entscheidung zur Umwidmung musste schnell fallen, im Bewusstsein, dass sie eine glänzende und eine schmutzige Seite hat."

Maike und Georgieta bedankten sich die die Auskünfte, Sara Jensens Inter-Phone ließ eine Sirene ertönen. Die Obstfabrik *Elbe und Weser* fragte Frau Jensen, ob bei den Konditionen für die Äpfel nächste Woche noch Prozente möglich wären. Freundlich schloss sie diese Möglichkeit aus. Sie werde ihre Äpfel, Sorte *Rotgrün,* sonst zum Berliner Großmarkt karren lassen. ("Hamburg liegt zu nah am Alten Land. Da müsste ich die Äpfel verschenken.")

*Elbe und Weser* erklärte, die Äpfel also zum mit Wolter Jensen ausgemachten Preis abzuholen."

Scharmützel dieser Art sind mit jedem zweiten Anruf verbunden", erläuterte Sara Jensen. "Darf ich Ihnen zu meiner Entspannung einmal unser Haus zeigen? Sie führte das *Team3: MiKi* durch alle Räume, auch den Keller.

Das Gebäude war nur halb unterkellert. "Von außen können die Kellerräume nicht betreten werden. Sie sind nur von der Küche und der hinteren kleinen Diele aus erreichbar. Das hält die Räume kühler. Hier unten haben wir sogar einen kleinen Schlafraum, den wir bei dieser Hitze nutzen."

" Eine Klimaanlage ist hier überflüssig?"

"Bisher konnten wir darauf verzichten, aber vorsichtshalber ließen wir bei der Renovierung ein Aggregat einbauen."

Das Haus verband altes Fachwerk mit modernstem Wohn-chic. "Vor allem dient es nicht zum Repräsentieren, es wird genutzt, um zu leben. Die Räume glänzen nicht, sie atmen", begeisterte sich Georgieta. Sie verabschiedeten sich an der Tür. *Chef* stand dort und knurrte in Richtung Möbeltransporter.

"Was möchte er beißen? Die Möbelpacker oder den Transporter?"

"Alle Störenfriede", lautete die verschmitzt vorgetragene Antwort. "Vermutlich liegt es am Möbeltransporter. Den umspringt *Chef* schon die ganze Zeit, seit der Ankunft. *Chef* ist ein hervorragend abgerichteter Jagdhund. Da muss nur einen Tag zuvor in Salzburg eine Katze übers Dach des Transporters gelaufen sein. Er wittert den Duft seiner Erzfeindinnen. - *Chef,* zum Korb."

Auf der Fahrt nach Harsefeld sortierte das *Team3: MiKi* Sara Jensens Antworten. "Perfekte Antworten, perfektes Verhalten", fasste Maike zusammen. "Hinter der freundlichen Fassade dieser Frau steckt ein unergründlicher Kern. Sie verbirgt etwas... Mehr als etwas! Sie verbirgt ihre ganze Person."

"In ihren Blicken und auch in ihrer Ausstrahlung traten Interferenzen auf", teilte Georgieta ihre Eindrücke mit. "Aber *nicht,* wenn es um ihren Mann ging. *Etwas anderes* muss schief liegen, Maike, was auch immer."

"Womit sollen diese Auffälligkeiten denn zusammenhängen, wenn nicht mit Wolter Jensen, Georgieta? Diese Frau versteht es einfach, alle zu täuschen. Ich versuche im Privatleben, Umgang mit Menschen dieser Art zu vermeiden.
Es leuchtet jedem ein, warum der Geschäftsmann Wolter Jensen sie als Traumfrau an seine Seite stellte. Sara Jensen ist sportlich, gepflegt vom Haar bis zu den Fußsohlen, verfügt über nobles Auftreten und schnelle Auffassungsgabe. Zu jedem starken Mann gehört eine starke Frau."

Georgieta stimmte ihr zu: "Sie weiß, was sie will und wie sie es auf dem kürzesten Wege erreichen kann." Dann fragte sie: "Maike, fiel dir dieses Detail an den Händen auf?"

"Aber klaro. Erst gestern strickte ich meine Brille neu! Am rechten Ringfinger muss sie bis vor kurzem einen Ring getragen haben. Nur fand ich keinen Anlass, sie danach zu fragen."

"Fürs nächste Mal biete ich dir einen guten Grund, Maike. Auf dem Foto der Jensens, das in der Küche hing, trug sie rechts ihren Ehering. An der Hand ihres Mannes war das Gegenstück erkennbar."

Der Rest des elend heißen Tages war ausgefüllt mit der einprogrammierten Kontrollfahrt durch Harsefeld und dem Messen von zehn Grundwasserständen. Maike protokollierte um 19 Uhr: "Diesmal kein Diebstahl einer Jacke in Harsefeld. Aber eine 12-Jährige musste ermahnt werden, nicht mehr zu rauchen."

Alle gemessenen Grundwasserstände lagen nur einen Millimeter unter dem berechneten Soll. Den ersten Tag ihrer Sechs-Tage-Schicht konnten sie als normal abhaken, abgesehen vom Gespräch mit Sara Jensen. Abends blieben sie im Dienstgebäude Mittelnkirchen.

Nach gemeinsam gezauberten Essen (Maike hatte frische Kartoffeln ausgehoben), skipte Georgieta eine Stunde mit ihrem Mann und den drei Kindern in Stade. Maike nutzte derweil die Mucki-Anlage im Keller, anschließend entspannte sie sich beim Zeichnen. Auf dem Weg zum Duschraum sah ihr Georgieta neugierig über die Schultern.

"Ist bei euch zuhause alles okay?", fragte Maike.

"Das übliche", sagte Georgieta, "Ziva will nicht essen, Ema nicht in den Kindergarten und Nika nie mehr zur Schule gehen. Und mein Mann? Söhnke macht dieser Stress glücklich!"

"Mit Söhnke hast du das große Los gezogen."

"Wir haben das gesegnete Glück, unsere Kinder exakt nach Wunsch bekommen zu haben. - Deine Zeichnung, ist das wieder einmal Torsten?"

"Ach, Sonnenstich und Hitzeblitz! Eigentlich wollte ich Sara Jensen zeichnen. Die Frau ist so ein Rätsel... Ich legte los... um mittendrin zu bemerken, dass ich *Bild Nr. 8 von Torsten* zeichne."

Georgieta las sich in das Bild hinein. Umrandet von den Konturen eines Hinterkopfs (der sofort an Sara Jensen erinnerte) war ein gewaltiges Ohr zu sehen. Die Ohrmuschel deckte halb eine schräg liegende Oberlippe ab, die auf einem unteren Augenlid ruhte. An der rechten Seite rollten fünf Janusköpfe aus dem Bild.

"Du hast mit Torsten noch längst nicht abgeschlossen, Maike."

"Nein, natürlich nicht, Georgieta. Wir sind zwar geschieden, aber das macht uns nicht zu geschiedenen Leuten. Schließlich tragen wir Verantwortung für unsere Zwillinge, auch wenn er das alleinige Sorgerecht hat. Wir können uns über alles unterhalten und alles regeln, die Finanzen, die Erziehung unserer Zwillinge und deren Betreuung zu Urlaubs- und Ferienzeiten, nur *über uns und unsere Beziehung* ist kein Gespräch möglich."

Um 22 Uhr legten sie sich in ihre kleinen Schlafkabinen. Vorher hatten sie zwar alle Fenster aufgerissen, doch bei 33° C Temperatur trug die nächtliche Ostbriese keine wirklich erfrischende Luft ins Gebäude. Also wurden die Fenster geschlossen und die Klimaanlage auf die psychologische Marke von 29° C eingestellt. Georgieta konnte sofort schlafen, Maike ließ erst den News-, dann den Musik-Ticker laufen.

# 40° C

Um 2.14 Uhr schrillte der Alarm. Georgieta meldete sich: "Bezirks-Revier Mittelnkirchen, Bezirks-Polizistin Georgieta Müller."

"Hier Mahltaler, Xaver, Antiquitätenhändler aus Salzburg. Wir übernachten in Horneburg, im Hotel *Kleine Warft*. Mein Möbeltransporter wird gerade von zwei oder drei Leuten aufgebrochen."

"Herr Mahltaler, Sie kommen aus Salzburg. Lieferten Sie gestern einen Schrank an eine Frau Jensen in Bliedersdorf? Dann sahen wir uns nämlich dort." Georgieta schaltete eine Alarm-Übertragung zu den Monitoren der Polizeidirektion Bremervörde. Dort konnte die Nachtbelegschaft sofort reagieren.

Herr Mahltaler antwortete: "Ja! Wir lieferten einen Schrank nach Bliedersdorf, übernahmen den Schrank der Jensens und wollen den nach Salzburg bringen. Wenn die Diebe nicht gleich mit ihm verschwinden. Sie haben den Speditionstransporter aufgebrochen. Die Beifahrertür steht bereits seit fünf Minuten speerangelweit auf. Bitte kommen sie schnell!"

"Wir machen uns sofort mit zwei PolTras auf den Weg. - Herr Mahltaler, wurden Sie von den Verdächtigen bemerkt?"

"Nein. Ich stehe in meinem Hotelzimmer hinter dem Vorhang und habe auch kein Licht an."

"Sehr gut! Zeigen Sie sich auf keinen Fall. Können Sie ihr Interphone bitte als Kamera eingeschaltet ans Fenster drücken?"

"Kein Problem, mein Phone hat ein automatisches Saugstativ. Moment... Sehen Sie unseren Wagen?"

Georgieta sandte den Film prompt zum Monitor mit dem Analyseprogramm: "Wir sehen den Wagen. Sie haben richtig beobachtet, es sind drei Männer. Ekke Nekkepenn! Mindestens zwei sind bewaffnet. Unternehmen Sie bitte nichts, und bleiben Sie für die Täter unsichtbar. Verlassen Sie Ihr Zimmer erst, wenn Sie unser Blaulicht aufleuchten sehen, und lassen Sie das Interphone bitte weiter aufnehmen. Wir beenden jetzt den Hörkontakt, Herr Mahltaler."


Maike hatte die Pistolen mit den neuen *Betäubungs-Patronen* aus dem Panzerschrank geholt. Das *Team3: MiKi* zog die ultraleichten Schutzwesten an. In Bremervörde startete zeitgleich der PolTra 196 mit den Kollegen Schmid, Kirch und Inspektorin Regener. Während der Kybernetikfahrt ohne Licht analysierte das *Team3: MiKi* anhand des Videomaterials die Sachlage.

"Alle drei sind bewaffnet, um die dreißig Jahre alt, zwei sind körperlich hochtrainiert."

"Mit den Aufgaben wechseln sie sich ab, wobei der untrainierte meist die Wachfunktion übernimmt."

"Am Schrank scheinen die kein Interesse zu haben. Die räumen kleine Kästen aus dem Möbeltransporter und tragen sie zu ihrem Kombi. Die Kisten müssen einiges an Gewicht haben. Die langsamen Bewegungen der Männer deuten darauf hin."

"Beim Kombi handelt es sich um einen Leihwagen mit Lüneburger Kennzeichen. Nach den gesendeten Koordinatenangaben müsste der auf einem Parkplatz in Reinbek stehen."

Direktionsinspektorin Wiebke Regener schaltete sich in das Gespräch ein: "Wir haben es mit Profis aus der ersten Liga zu tun! Riskieren sie nichts, Frau Müller und Frau Rupach. Wir treffen 11:20 Minuten nach Ihnen ein."

Der PolTtra 223 stoppte siebzig Meter vor dem Parkplatz des Hotels *Kleine Warft.* Unhörbar, der Brennstoffmotor arbeitete leise und war geräuschisoliert. Maike und Georgieta schlossen lautlos die Türen. Über ihre Taktik hatten sich vorher geeinigt. Georgieta würde den direkten Weg über die Wiese zum Parkplatz nehmen. Zwar stand nur ein halber Mond am Himmel, doch die Nacht war hell. Den wichtigsten Sichtschutz boten Georgieta die hohen Büsche am Rand des Parkplatzes.

Maike hatte den längeren Weg. Sie würde der unbeleuchteten Straße bis zum Hotel folgen und sich, vom Gebäude verdeckt, an den Parkplatz anschleichen. Ihr fiel der optische Teil der Überraschungsaktion zu, Georgieta der akustische. Ausgerechnet in dieser Nacht war es ungewohnt still. Das lauteste Geräusch war das gleichmäßige Säuseln der Blätter. Georgieta bewegte sich geduckt und langsam. Ihr Blick wechselte ständig vom Parkplatz zur Wiese direkt vor ihren Füßen. Ein unbedachter Tritt, und der nächste Laut konnte sie verraten.

Einsätze wie diesen trainierte das *Team:3 MiKi* einmal pro Halbjahr. Allerdings bei Tageslicht. Der allererste Ernstfall hier und jetzt in Horneburg lief in nächtlichem Dunkel ab, bei schweißtreibenden 33° Celsius nachts um 3.09 Uhr. Als Georgieta sich endlich bis zum Rand des Parkplatzes vorgeschlichen hatte, blickte sie sich nach hinten um. Sehr gut! Zu ihrer Beruhigung sah sie, dass sich von Westen her ein Gefährt näherte und plötzlich das Licht ausmachte. "Da kommt die Verstärkung aus Bremervörde", atmete sie auf.

"Vor zwanzig Jahren durften unsere Vorgänger nachts nicht das Licht ausschalten. Da fuhr alle Welt noch mit eigenen Terzetten... Nein, die nutzten noch echt diese vierrädrigen Autos. Jetzt sind die überflüssig, denn seit zehn Jahren verfügt Deutschland über ein engmaschiges Netz von Minibus-Linien, selbst für unsere nördliche Pampa."

Georgieta konzentrierte sich, atmete geräuschlos aus und ein. Zwei Männer bewegten sich neben Mahltalers Fahrzeug. Sie hantierten routiniert und sehr leise. Der größere Mann hielt eine breite Klappe hoch, der schlanke zog vorsichtig einen Kasten aus dem Möbel-Transporter. Er stellte ihn auf den Boden und holte den nächsten Kasten. Vorsichtig setzte er ihn auf den ersten. Der Große ließ lautlos die Klappe herunter. "Das sind Katzenmenschen", dachte Georgieta. Sie überlegte, wo der dritte Mann sein könnte. Vom dem hatte sie bisher null und nichts gesehen. Hoffentlich hatte Maike ihn unter Kontrolle. Die Männer ließen sich beim Weg zu ihrem Kombi Zeit, sie vermieden jedes Geräusch.

Plötzlich tauchte ein breiter Lichtkegel die Szene vom Möbeltransporter bis zum Kombi in grelles Licht. Maike hatte ihren Mini-Scheinwerfer auf Geländebreite eingestellt. Georgieta brüllte los: "Polizei!" Ganz den Vorschriften entsprechend wollte sie noch "Stehenbleiben! Hände hoch!" rufen. Da traf sie ein heftiger Schlag im Bereich des Schlüsselbeins. Die beiden Männer ließen sich mit den Kisten zu Boden fallen und griffen zu ihren Waffen. Das helle Licht erlosch. Georgieta feuerte je zweimal in die Richtung, in der sie gerade noch die beiden Männer gesehen hatte.

Gleichzeitig hörte sie Maike ebenfalls "Polizei!" rufen und danach einen Schuss. Vor Georgietas Augen tanzten für einen kleinen Moment die Sterne. Der Schmerz an der Schulter ließ sie aufstöhnen.

Wieder leuchtete eine Taschenlampe auf. Leicht benommen sah Georgieta die beiden Männer vor dem Kombi mit dem Lüneburger Kennzeichen liegen und hörte die Stimme von Inspektorin Wiebke Regener: "Georgieta, alles klar?" Die Inspektorin beugte sich über die beiden Täter. "Die hast du in den Schlaf geschickt. Einmal Treffer an Bein und Arm, dann an Bein und Gesäß. Maike traf Nummer drei vorn im Brustbereich. Der schlummert ebenfalls!"

Die *Betäubungs-Patronen* wirkten. Sie untersuchten die Täter, bevor sie ihnen Handschellen anlegten. Alle drei hatten außer einer Reihe blauer Flecken keine weiteren Verletzungen. Die Hämatome waren beim Aufprall der *Gute-Nacht-Patronen* entstanden. Im Vergleich zu den Auswirkungen normaler Munition waren diese Folgen ein Klacks.
Die Substanzen der neu entwickelten *B-Patronen* wirkten bereits, wenn sie die Haut des Gegners erreichten. Die sich nach dem Platzen der Betäubungs-Patronen verteilende Flüssigkeit lähmte sekundenschnell, aber nur kurzfristig. Getroffene waren für eine halbe Stunde außer Gefecht gesetzt.

Maike protokollierte Georgietas Verwundung. "Der dritte Mann, der Schmiere stand, schoss sofort in deine Richtung, als du "Polizei!" riefst. Dann drehte er sich blitzschnell herum und wollte auf den Mini-Scheinwerfer zielen, aber da traf ihn zum Glück schon mein Schuss." Maike stellte die Fernbedienung des PolTra 223 auf automatische Zielfahrt. Ohne dass jemand im PolTra saß, kam er zum Hotelparkplatz. Sie verfrachteten die Täter in die Gummizellen der beiden PolTra. Zwei schliefen noch, einer war reichlich benommen.

Die fünf Polizist*Innen untersuchten und dokumentierten alle Details am Tatort. Videos und Fotos wurden direkt an Auswertungsprogramme übertragen.

Die Täter hatten aus vier verborgenen Hohlräumen 58 Kisten im Format 39 cm x 23 cm x 14 cm herausgeholt und im Kofferraum des Kombis deponiert. Im Transporter der Firma *Mahltaler* befanden sich noch neun weitere Kisten. Das Analyse-Programm ermittelte einen fünften Hohlraum im Bereich des hinteren Fahrzeug-Kennzeichens, in dem zwölf Kisten steckten.

"Warten wir ab. Vielleicht findet die Technik noch weitere Verstecke", meinte Inspektorin Wiebke Regener.

Zwecks einer ersten Kontrolle wurden fünf Kisten geöffnet. Alle enthielten das gleiche violette Pulver. Im Bereich der Polizeidirektion Bremervörde war Maike die für Stoffe dieser Art ausgebildete Spezialistin. Sie holte das Analyse-Set aus dem PolTra 223 und verkündete nach Routine-Checks des Materials aus den ersten drei Kisten: "Dieses crazy-farbene Zeug ist genau das, wonach es aussieht: *Designer-Brause.*"
Weltweit mischte dieser Stoff die Rauschgiftmärkte auf. Produziert wurde er in versteckten Chemielaboren, die aus mindestens drei strikt voneinander getrennten Räumen bestehen mussten.

Die negativen Spätfolgen waren die üblichen: schleichende Zerstörung von Leber, Niere und Hirnfunktionen. Die Gemeinde der Drogenanwender pochte auf die Vorteile der Brause. Sie war exakt dosierbar. Ihre Anhänger nutzten sie je nach Stimmung und Absicht. Eine geringe Menge bewirkte sanfte Verzerrungen der Wirklichkeit, starke Dosierungen führten zu den aberwitzigsten Flashs, manchmal auch zu Irrsinn und Tod.
Die Wunderbrause ließ sich in jedes Getränk einrühren, egal ob Wasser, Milch, Kamillen-tee oder Whisky. Der Geschmack des Getränks änderte sich nicht. Zusätzlich war die Brause nach zwölf Stunden abgebaut, die Drogenfahndung musste gleich zuschnappen. Das freute die Drogenringe: Nur die kleinen Dealer konnten gefasst werden.

Der *Designer-Brausen-Fund* in Horneburg war ein wichtiger Erfolg im Kampf gegen den Drogenhandel. Zum ersten Mal war die Verteilung der Droge zwischen Groß- und Zwischenhändler unterbrochen worden.

Inspektorin Regener befragte Herrn Mahltaler zum Sachverhalt. Er gab zu Protokoll, nichts von den Drogen gewusst zu haben. Den Möbelwagen fahre er selbst nur zwei- oder dreimal im Jahr, wenn der Stammfahrer des Transporters, ein Hubert Gersbruch, verhindert sei. Gersbruch habe eigentlich auch fahren sollen, musste aber vor zwei Tagen mit einer Gallenkolik ins Krankenhaus und operiert werden.
Mahltaler erinnerte sich während der Befragung an ein wichtiges Detail: "Der Hubert hatte mich noch auf dem Weg in Krankenhaus gebeten, die Tour ins Alte Land zu verschieben. Das ging aber nicht, denn wir brauchen den Möbelwagen direkt im Anschluss für eine Tour ins Fürstentum Monaco."

Xaver Mahltaler erläuterte außerdem: "Die beiden Transporteure, die mich begleiten, dürften so ahnungslos sein wie ich. Die arbeiteten noch nie für meine Firma. Ich stellte sie über die *Vermittlung für Zeitarbeit Salzburger Land* für fünf Tage als Möbelpacker ein. Beide hatten sich vorher noch nie gesehen. Der eine lebt in Salzburg, der andere am Wolfgangsee."

Die Verkehrs-Technik rückte an, sie schleppte Mahltaler-Transporter und Täter-Kombi ab. Inspektorin Regener bestellte Xaver Mahltaler und die beiden Möbelpacker für zehn Uhr zur Vernehmung in die Bezirksdirektion. Die PolTras fuhren nach Bremervörde, um die Täter in die Haftzellen der Polizeidirektion zu bringen.

Noch vor Aufgang der Sonne kletterte die Temperatur auf 35° C. Da ihr PolTra 223 die Strecke mit kybernetischer Führung zurücklegte, dösten Georgieta und Maike auf der Fahrt nach Bremervörde. Nach Ablieferung der nunmehr offiziell Verhafteten in der Polizeidirektion bewertete das *Team3: MiKi* die ihm bekannten Fakten.

"Hältst du es für glaubhaft, dass Mahltaler nichts von den Drogen und den Verstecken wusste?"

"Für seine Unwissenheit spricht, dass er uns zu Hilfe rief. Ich hatte auch den Eindruck, dass er wegen der Kästen die Fassung verlor."

"Er könnte natürlich auch ein guter Schauspieler sein. Schließlich bietet sein europaweites Geschäft die passende Gelegenheit zum Verschleiern von Drogen-Transporten."

"Aufgrund des jetzigen Informationsstands lassen sich nur Vermutungen anstellen. Im Laufe des Tages wird Wiebke Regener eine Reihe Indizien zusammentragen können."

Über den Hauptmonitor lief eine Information. Mit rotem Band.
========================================

Landespolizei Niedersachsen
Bezirksdirektion Bremervörde --- Information – 5.52h

Innenministerium der Republik Kroatien        Staatspolizei
Kroatien – Sektion Kornati – über Interpol


**Fund Wasserleiche:**

*Vielleicht Jensen, Wolter; aus Bliedersdorf, Niedersachsen*

Gestern fanden vier Jugendliche um 21.30 Uhr am Strand der Westküste von Kornati eine Wasserleiche. Die Identität des Toten konnte noch nicht ermittelt werden. Nach der ersten Obduktion -gleich am Strand- könnte es sich um Wolter Jensen handeln. Übereinstimmungen bestehen in Größe, Gewicht und Alter. Die Todesursache ist Ertrinken. Die Leiche befand sich mehrere Tage im Wasser. Starke Strömung presste den Toten gegen ein Riff, wobei Teile des Gesichts regelrecht abrasiert wurden.

Die Pathologie Zagreb wird nachmittags genauere Ergebnisse mitteilen.

---
===============================================================

„Das wird heikel, Maike. Da müssen wir heute wieder zu Frau Jensen. Vielleicht wäre es das Beste, wenn der Tote tatsächlich ihr Mann wäre."

"Hast du etwa Mitleid mit dieser Frau? Sie tötete ihren Mann. Das Gespräch mit ihr wird der erste Punkt unserer Tagesliste. Während du die Nachrichten vorträgst, werde ich beobachten, wie sie sich verhält. Vielleicht setze ich meine Schulterkamera ein, als Privatvergnügen. Das zählt zwar nicht vor Gericht, aber es kann uns helfen, ihre Schuld nachzuweisen.

Ich bin auch sehr gespannt, wie sie auf deine Informationen über den Schmuggel mit dem Mahltaler-Laster reagieren wird. Wie viel Zeit können wir uns für das Gespräch nehmen? Nach dieser viel zu kurzen Nacht sind wir beide nicht fit. Liegt eine wichtige Pflichtaufgabe an?"

Georgieta tippte auf den Monitor: "Allerdings, die Sicherheits-Überprüfung der Wasser-Gewinnungs-Anlagen. So ganz unter uns... Meinst du, Sara Jensen könnte wirklich mit der Verteilung von Designer-Brause in Verbindung stehen?"

"Wirklich und ganz unter uns: Ja! Wer sinngemäß äußert "Wer viel hat, dem wird noch mehr gegeben." und offen darüber spricht, dass er Geld benötigt, dem wäre das Management von Drogen-Transporten in den Nordwesten Deutschlands zuzutrauen."
"Also wäre sie gleich in mehrere Transporte verwickelt?"

"Natürlich. Niemand kann sich ein einziges Mal mit Drogenclans einlassen und sich dann von ihnen zurückziehen. Wer dem Teufel die Hand reicht, der hat seine Seele schon verloren.

Wenn die Jensen mit diesem Fall zu tun hat, ist sie großes Rad im Betriebssystem des Drogenhandels. Das von uns beschlagnahmte Pulver reicht für den Vierteljahresbedarf von Sylt bis Hannover."

"Maike, du machst es dir wieder zu einfach. Ich gebe Sara Jensen Recht, wenn sie feststellt: "Wer viel hat, bekommt schnell noch mehr." Ist das letztlich nicht ganz natürlich und menschlich?, Wer an den Hebeln der Macht sitzt, nutzt das aus. Die Löwinnen bringen die Beute zur Strecke, aber sie müssen die Löwen als erste fressen lassen. Große Staaten zwingen kleineren Nachbarländern ihren Kurs auf. Weltkonzerne erwirken durch die besten Anwälte Urteile in ihrem Sinn. Reiche Sportvereine kaufen sich die aktuellen Topathleten. In Gesellschaften und zwischen Gesellschaften gibt es keine Gleichheit."

"Wie kannst du mit dieser Einstellung Polizistin sein?"

"Gute Polizisten sorgen dafür, dass alle nach den gleichen Regeln spielen müssen. Dabei ist ihnen bewusst, dass unvermeidbar Einzelne oder Gruppen Vorteile haben."

"Vorteile ist ein gutes Stichwort. Die gut betuchte Sara Jensen tötete ihren Mann bei einem Segeltörn im Ausland. Beweisen können wir das nur durch akribisches Nachforschen. Mit Routine allein werden wir den Fall nicht lösen können. Dazu benötige ich deine Hilfe, Georgieta."

Noch vor dem Frühstück erreichten weitere Informationen aus Kroatien das *Team3: MiKi.* Mit rotem Band.

==============================================

Landespolizei Niedersachsen
Bezirksdirektion Bremervörde -- Information -- 8.04 h

Innenministerium der Republik Kroatien
Staatspolizei Kroatien -- Sektion Kornati -- <u>über Interpol</u>

**Fund Wasserleiche**

Vielleicht Jensen, Wolter; aus Bliedersdorf, Niedersachsen

1.  Die Badehose des Opfers wurde fotografiert. Es handelt sich um ein deutsches Fabrikat der Marke *WasserWellenWind.* [ Foto: Anlage 1 ]

2.  Das Opfer trug einen Ring – Ringfinger rechts - Ein Duplikat kann in einem Interpol-kompatiblen 3-D-Drucker kopiert werden.

    [Duplikat Ring – Druckerprogramm: Anlage 2 ]

--- ---

==============================================

Sie hatten sich bei Sara Jensen angemeldet. Der kurze Weg zum Fachwerkhaus verlangte Kondition. "Morgen bekommen wir die Kühlhelme. Hoffentlich sind die so gut, wie *Kommissar Ganz-Wichtig* behauptet", dachte Maike Rupach.

*Chef* begrüßte das *Team3: MiKi* trotz der Hitze ganz entspannt und geleitete sie zur Haustür, wo Sara Jensen auf sie wartete. Ihr Gesicht wirkte viel blasser als gestern. "Guten Morgen, kommen Sie schnell rein, im Haus sind die Temperaturen noch erträglich." Maike sah auf das Thermometer im Flur: "Mit 32° C um 10.15 Uhr fühlt man sich hier drinnen ganz wohl. Draußen beträgt die Temperatur 38° C. Und bis Mittag wird sie locker die angekündigten 40° C erreichen."

Sara Jensen blieb mit ihnen gleich in der Diele sitzen, freundlich, aber nicht so entspannt wie gestern. Eine junge Hausangestellte brachte kaltes Mineralwasser. "Das Lokal-TV meldete, ihre Behörde untersucht ein Transportfahrzeug, weil damit wohl Drogen transportiert wurden. Hängt das etwa mit unseren Schränken und dieser Salzburger Firma *Mahltaler* zusammen? Denn einiges war gestern schon merkwürdig."

Gerogieta antwortete mit einer Gegenfrage: "Was war gestern merkwürdig, Frau Jensen? Wenn es mit den Schränken zusammenhängt... War schon beim Vertragsabschluss in Salzburg etwas ungewöhnlich? Jede Kleinigkeit hilft bei unseren Ermittlungen."

"Gestern könnte *Chef* Drogen gewittert haben. Ich meinte die ganze Zeit, er reagierte auf den Geruch fremder Katzen am Möbeltransporter. *Chef* verträgt sich nur mit *Grass* und *Böll*, unseren Hauskatzen. Als er vor drei Jahren zu uns kam, waren die bereits hier. Sollten im Transporter Drogen gewesen sein, wäre *Chefs* Reaktion verständlich. Denn Wolter hat ihn als Jagdhund ausbildet."

"*Chefs* Verhalten fiel uns gestern auch auf, Frau Jensen. Bemerkten Sie bei den drei Männern etwas Besonderes?"

"Nein, wir, also Frau Drewsen, meine Haushälterin, und ich, bemerkten nichts Außergewöhnliches. Schon aus Prinzip sehen wir uns die Leute, die unser abgelegenes Anwesen besuchen, sehr genau an. Keiner der drei betrat andere Räume als die Diele und die Gästetoilette. Oder...?" Fragen wir Frau Drewsen."

Sara Jensen stand auf und öffnete die Küchentür: "Frau Drewsen, die drei vom Antiquitätenhandel, in welchen Räumen waren die? Das Polizei-Team muss das wissen."

"Moment! Das Brot muss noch aus dem Backofen!", erklang eine kräftige Stimme aus der Küche.

Sara Jensen setzte sich wieder, zwei Minuten später kam ihre Haushälterin. "Also die drei Männer hielten sich eigentlich nur auf dem Hof und in der Diele auf. Sie arbeiteten zügig und waren voll mit den Schränken beschäftigt, kein Blick auf unseren Garten, selbst *Chef* interessierte sie nicht. Klar, jeder von den drei suchte auch die Gästetoilette auf, aber immer nur kurz.
Und zum Schluss, ja, da servierte ich ihnen Kuchen in der Küche. Sie verabschiedeten sich mit einem simplen "Danke!", gingen sofort und waren weg. Also, Diebe waren die drei Männer sicher nicht."

"Danke, Frau Drewsen, so habe ich die drei gestern auch erlebt", kommentierte Sara Jensen. Sie meinte noch, während Frau Drewsen in Richtung Küche ging: "Die bauten unseren alten Schrank ab, holten den Salzburger Schrank aus dem Wagen, die Montage lief fix und ebenso schnell verschwand unser Schrank im Transporter. Nach fünf Stunden waren sie fertig. Andere Firmen brauchen dafür den ganzen Tag. Und *Chefs* Laufen und Bellen... Ich hatte den Eindruck, der Umgang mit nervösen Hunden gehört zu ihrem Alltag."

"Wenn Ihnen zu gestern noch etwas einfällt, können Sie uns darüber informieren, Frau Jensen", sagte Georgieta. "Darf ich Ihnen einige Fragen zum Kauf des Schrankes in Salzburg stellen? Woran erinnern sie sich?"

"Lassen Sie mich überlegen. Zuerst kommt mir dieses absolut verwinkelte Haus in den Kopf. Das Geschäft von Herrn Mahltaler befindet sich in einem mehrfach umgebauten Gebäude. Unser Haus ist doppelt so groß, aber wenn Sie sich bei uns verlaufen wollen, müssen Sie sich große Mühe geben. Dagegen ist Mahltalers Haus ein fettes Labyrinth. Wolter und ich hatten zweimal den Eindruck, Herr Mahltaler habe selbst die Orientierung verloren.

Im Geschäft waren außer Herrn Mahltaler seine Frau und ein Verkäufer. Herr Mahltaler zeigte uns den Schrank, wir klärten per Interphone mit Hilfe von Frau Drewsen, dass der Salzburger Schrank von den Maßen und der Farbe her wirklich passte. Den Rest machten wir mit dem kompetenten jungen Angestellten von Herrn Mahltaler aus. Der bewertete unseren Schrank sachgerecht und wir sprachen über einen möglichen Tausch der Schränke."

"Wer kam auf diese Idee?"

"Wolter. Er fragte den Verkäufer. Vielleicht sei es für seine Salzburger Firma interessant, einen Schrank aus Norddeutschland ins Angebot zu nehmen. Ich vermute, dass Wolter immer noch an dem Stück hängt und er im Geheimen wünschte, dass das Erbstück möglichst unerreichbar für ihn wurde. Der Verkäufer besprach Details mit uns, ging zu Frau Mahltaler, die den Auftrag abzeichnete und dann waren wir schon wieder draußen. Das Ganze dauerte zwei Stunden."

"Und wie waren Sie auf den Laden gekommen?"

"Der Laden fand uns. Wir schlenderten durch Salzburg, sahen das Haus mit dem Hinweis *"Antiquitäten"* und schon waren wir drin."

"Können wir den Vertrag sehen und kopieren?"

"Aber ja." Sara Jensen verschwand in Richtung Büro.

Maike rief in dieser Zeit auf ihrem Dienstlaptop ein Bild auf und legte ein kleines Schächtelchen auf den Tisch.

Georgieta nickte ihr zu. Wie würde Sara Jensen auf den Ring reagieren?

Sie kam zurück, Maike scannte den Vertrag ein. "Vielen Dank. Der Verkäufer hieß also Tobias Wendresch?"

"Also, an den Namen kann ich mich nicht erinnern. Wir hatten ja nur eine knappe Stunde mit ihm verhandelt."

"Und er ging nicht zu Herrn Mahltaler, sondern zu Frau Mahltaler?"

"Ja, Herr Mahltaler diskutierte zwei verwinkelte Räume weiter mit einem Ehepaar intensiv über ein Bett und zwei dazugehörende Kommoden. Alle drei sprachen Salzburger Dialekt, wir verstanden nicht einmal die Hälfte."

"Vielen Dank, diese Auskünfte helfen uns weiter, Frau Jensen.

Uns führt aber noch ein weiterer Grund hierher."

"Wolter?", fragte Sara Jensen ganz impulsiv. Das *Team3: MiKi* nahm ihre Reaktion verblüfft zur Kenntnis.

Georgieta nickte und schwieg bewusst. Sara Jensen sah ihr in die Augen, fragend... "Die kroatische Polizei meldete den Fund einer Wasserleiche..."

Sara Jensens Augen blitzen auf: "Sie sagen, eine Wasserleiche, aber *nicht... Wolters Leiche*. Wurde der Tote noch nicht identifiziert? Ich habe den Koffer für diese mögliche, furchtbare Reise nach Kroatien bereits gepackt. Die Fahrpläne der Bus- und Fernzugstrecken kennen Frau Drewsen und ich auswendig. Aber ich hoffe, es kommt anders und ich sehe meinen Mann wieder."

Sie nippte an ihrem Glas: "Meine Tante in Sachsen-Anhalt ist gestern gestorben. Völlig überraschend. Und ich hätte sie gern vorher noch einmal gesehen... Zu spät."

"Unser herzliches Beileid, Frau Jensen! Können wir noch einige Punkte abklären? Oder sollen wir jetzt besser eine Pause machen...?"

"Nein, nein... Es ist mir lieber, wenn wir die Sache stracks angehen. Sonst stricke ich mich in einen Sarg... Fragen Sie!"

Hier ist das Foto einer Badehose. Ist das die Badehose Ihres Mannes? Oder könnte sie es sein?" Georgieta zeigte das Bild auf dem Laptop.

Sara Jensen beugte sich über das Bild. Sie nickte. Ihre Stimme war tonlos: "Doch, diese Badehose könnte Wolter gehören."


"Am linken Ringfinger trug der Tote einen Ring." Georgieta öffnete das Schächtelchen: "Wir bekamen ein genaues Modell im 3-D-Druck-Verfahren übermittelt. Von den Farben, der Gestaltung, dem äußeren Eindruck des Materials her stimmt diese Kopie mit dem Original überein."

Hörbar atmete Sara Jensen auf: "So einen Ring trug Wolter nie. Wir beide tragen nur unsere Eheringe."

Tatsächlich, Sara Jensen trug wieder ihren Ehering. Maike war das sofort aufgefallen, Georgieta hatte nicht darauf geachtet.

"Darf ich diesen Ring einmal nehmen?", fragte Sara Jensen.

"Natürlich, bitte schön!" Sara Jensen nahm den Ring und schüttelte den Kopf: "Wolter besitzt noch drei alte Siegelringe unserer Familie. Die trägt er aber nur, wenn Repräsentationszwang besteht, wie er das nennt. Nein, Ringe dieser Art passen nicht zu ihm. Die sind wirklich nicht unser Stil." Sie streifte die Kopie über ihren linken Ringfinger.

Der Ring war deutlich zu groß. Sie hielt die linke Hand nach unten, der Ring streifte beim Abrutschen ihren Finger.

"Hoppla", ärgerte sich Sara Jensen und gab die Kopie des Rings zurück. An der Haut des linken Ringfingers war ein dünner roter Einschnitt zu sehen. "Sitzt im Ring ein Kobold mit einem Messer?", fragte sie verwundert.

Maike fuhr mit ihrem Finger durch den Ring. "Ich meine, eine kleine Erhebung zu fühlen. Die entstand vielleicht beim Kopiervorgang und könnte die Verletzung Ihrer Haut verursacht haben." Sie gab den Ring Georgieta, aber die sagte: "Ich bemerke hier nichts. "

Georgieta legte den Ring in die kleine Schachtel zurück und sagte: "Frau Jensen, damit können wir annehmen, dass der aufgefundene Ertrunkene *nicht* Ihr Mann ist. Wir hoffen mit Ihnen, dass er noch lebt... Nun müssen wir leider zu einer der regelmäßigen Patrouillen-Fahrten aufbrechen. Die Wasser-Gewinnungs-Anlagen warten auf uns."


Sara Jensen führte sie teils erleichtert, teils nachdenklich wirkend zur Tür. *Chef* kam bis dorthin mit, setzte aber keine Pfote nach draußen. "Ein Wetter, bei man keinen Hund vor die Tür jagt", murmelte Georgieta. Vor 10 Minuten hatte sie per Funk die Klimaanlage ihres PolTra 223 auf 31°C reguliert. Obwohl er nur 20 Meter entfernt war, wurde der Weg zur Strapaze. Das schattenlose Gelände vor dem Haus war ein Backofen. Alle Blumen wirkten leblos und kahl.

Maike und Georgieta brauchten Konzentration und Willensstärke, um die Türen des PolTra 223 zu öffnen und zu schließen. Erschöpft im Sitz hängend gab Maike den Befehl "Abfahrt!" Der Polizei-Kleintransporter setzte sich in Bewegung, die Algorithmen des kybernetischen Systems

lenkten ihn in Richtung Wasser-Gewinnungs-Anlagen.
"Gestern berichtete *TV Altes Land,* unser Individualver-
kehr ist viermal so stark wie der in Hamburg oder
Bremen."

"Wer braucht in Metropolen ein eigenes Fahrzeug, wenn
da überall Minibusse unterwegs sind? Hier auf dem platten
Land sind eigene Fahrzeuge noch interessant."

"Für uns Polizist*Innen, die dienstlich über die Straßen
fahren müssen, hat das den Vorteil, dass sich die Fahr-
zeugmenge auf ein Fünftel reduziert hat."

"Und die Fahrzeuge viel kleiner sind. Die dreirädrigen
Terzette reichen für den Alltag."

Über den Hauptmonitor lief eine Information, mit rotem
Band.

===========================================

Landespolizei Niedersachsen
Bezirksdirektion Bremervörde --- Informationen

**intern** --- 12.07h

---Bezirksinspektorin Wiebke Regener ---

**Protokoll**         Vorfall in Horneburg, Hotel *Alte Warft*

1   Beschlagnahmt wurden 79 Holzkisten mit insgesamt
957,8 kg Designer-Brause. Geschätzter Handelswert: 10
Mill. Euro.

2   Der beschlagnahmte Möbeltransporter ist fünf Jahre

42

alt. Die fünf Hohlräume wurden kurz nach Erwerb des Transporters eingebaut.

3   Herr Mahltaler gibt zu, dass er den Einbau aller Hohlräume in Auftrag gab. Der Umbau erfolgte in Italien [ Trient ]. Ein älterer Mann kassierte 18.000 Euro, nahm das Fahrzeug mit und am nächsten Morgen stand der Transporter mit den getarnten Einbauten vor dem Hotel.

4   Herr Mahltaler gibt zu, seinen Fahrer Hubert Gersbruch im Laufe der folgenden Jahre zu etwa 40 Schmuggelfahrten veranlasst zu haben. Geschmuggelt wurden Kleinmöbel, Bilder, Reliquien, auch Alkohol und Zigaretten.

5   Herr Gersbruch war zur Hälfte am Erlös beteiligt. Von dem Schmuggel wusste nur noch der Möbelpacker Richard Stadeler, der von Mahltaler und Gersbruch je 5% des Erlöses erhielt.

6   Hohlräume und Kisten wurden auf Schleifspuren untersucht. Bereits seit zwei Jahren wurde Designer-Brause mit dem Transporter geschmuggelt.

7   Herr Mahltaler erklärte, absolut nichts von den Drogen-Transporten gewusst zu haben. Das würde er beeiden. Auch hätte er seinem Freund Gersbruch niemals Drogenschmuggel zugetraut. Vielleicht sei der dazu gezwungen worden.

8   Die Polizei in Salzburg verhaftete die Herren Hubert Gersbruch und Richard Stadeler. Zurzeit werden sie noch vernommen.

9   Herr Mahltaler erklärt, für ihn sei der alleinige Grund für die Fahrt nach Bliedersdorf der Transport der Schränke gewesen. Eigentlich hätten Gersbruch und Stadeler die Fahrt durchführen sollen, sowie ein dritter Möbelpacker. Die zusätzlichen Packer habe immer die *Vermittlung für Zeitarbeit Salzburger Land* gestellt.

10   Herr Mahltaler erklärte, nie etwas vom Beladen des Transporters mit Drogen bemerkt zu haben. Ihm sei während der Fahrt nach Norddeutschland kein ungewöhnliches Fahrverhalten des grün lackierten Fahrzeugs aufgefallen.

**Nachfrage der Vernehmenden:** Der Möbeltransporter sei doch eine Tonne schwerer gewesen. – Herr Mahltaler erklärte, er fahre den Transporter sehr selten. Im Regelfall sei er immer mit dem baugleichen, aber orange lackierten zweiten Firmentransporter unterwegs. In den seien keine Hohlräume eingebaut worden.

11   Das wird von der Salzburger Polizei überprüft.

12   Als der Transporter in Horneburg aufgebrochen wurde, stand für Herrn Mahltaler fest, dass die Diebe es auf den Schrank abgesehen hatten. Sonst hätte er nicht

die Polizei informiert.

13  **Erster Eindruck:** Herr Mahltaler war schockiert und verlor während der Vernehmung mehrfach die Fassung. Er gab von sich aus alle Schmuggelaktionen zu, auch solche, die wir ihm nur schwer hätten nachweisen können. Über den Drogenschmuggel und die vermutlichen Verstrickungen seines Freundes Hubert Gersbruch war er entsetzt.

Aussagen und Verhalten werden als glaubhaft eingestuft.

14  Sara und Wolter Jensen: Herr Mahltaler vermutete, dass weder das Ehepaar Jensen noch Frau Jensen allein etwas mit dem Schmuggel zu tun haben. In dieser Richtung sei ihm nichts aufgefallen.

--- ---

========================================

"Freispruch für Frau Jensen", lästerte Georgieta.

"Bleib cool, entscheidend wird die Auswertung der Vernehmungen", meinte Maike. Kurz darauf erreichte der *PolTra 223* die Wasser-Gewinnungs-Anlagen. Im Volksmund war von Entsalzungsanlagen die Rede. Die Anlage *Altes Land BioChemPhy* hatte 2029 das erste Brauchwasser in das *Wasser-Netz-Deutschland* eingespeist. Sie verwandelte pro Tag 350 m³ salziges Meereswasser aus der Nordsee in Brauchwasser.

Damals erntete die *Technische Universität Hamburg* für ihre Leistung hohes Lob. Nur ein Jahr später übertrumpfte die Universität Greifswald die Hamburger. 420 m³ Brauchwasser pro Tag bei nur 86% der Kosten des Hamburger Verfahrens. Seitdem tobte zwischen Hamburg und Greifswald ein wissenschaftlicher Krieg.

Jedes Jahr warfen beide Universitäten neue oder veränderte Verfahren auf den Markt. Nutznießer des Streits war das *Wasser-Netz-Deutschland.* Halb so kleine Anlagen wie die von 2029 lieferten 600 m³ bei 48% der Anfangskosten. Deutschland verfügte inzwischen über sechs Wasser-Gewinnungs-Anlagen, die mehr Brauchwasser produzierten als das Land benötigte. "Wer hätte geahnt, dass 2044 Wasser ein deutscher Exportschlager würde", sagte Georgieta.

"Wenn die Sommer demnächst Normaltemperaturen von 44° C erreichen, benötigen wir bald alles Wasser für uns", warf Maike ein.

"Deshalb also die Planungen für *TUH-OzeanTec im Alten Land Süd",* sagte Georgieta. "Mit diesem Projekt wird die TU Hamburg wieder die Spitze erobern und die mitteleuropäischen Wasserversorgungsprobleme für die nächsten 15 Jahre lösen."


Die *Wasser-Gewinnungs-Anlagen* im Alten Land seien das bestgesicherte Gelände in ganz Deutschland, betonte Niedersachsens Ministerpräsidentin und erntete den Widerspruch ihres Mecklenburg-Vorpommerschen Kollegen. Die Wasser-Aggregate seines Bundeslandes könne nicht einmal eine Ameise unbemerkt betreten.

Das *Team3: MiKi* kannte beide Anlagen. Im Rahmen eines Landespolizei-Austauschs hatten sie zwei Monate lang im Gelände von *MV-Süßwasser-Gewinnung* patrouilliert. Nach Kenntnis des *Teams3: MiKi* waren beide Komplexe perfekt gesichert.

Sie fuhren zur *Eingangsschleuse zwölf* des Geländes.
Ihren PolTra 223 mussten sie auf dem Parkplatz abstellen. Nach den sechzig Metern bis zum äußeren Eingang
der Schleuse musste jede von ihnen erst einmal einen
halben Liter Wasser trinken. In den Büros der Sicherheits-
Abteilung hatten sie ihre Waffen und Interphones zu depo-
nieren. Sie bekamen betriebseigene Kommunikationsge-
räte, die jeden ihrer Schritte kontrollierten und visuell
festhielten. Für die Geländepatrouille wurde ihnen ein
Kombi gestellt.

Zwischen dem normalen Straßensystem und dem System
der Betriebsstraßen gab es nur eine Schnittstelle, nämlich
das 20 Meter hohe Tor der *Eingangsschleuse eins*.

Nur durch dieses durften Fahrzeuge aller Art ins Innere der
Anlage. Feuerwehrwagen, Lastkräne, Bagger, Bulldozer,
Krankenwagen, Busse; Lkws, Kleinlaster, Terzette... alles
nur Denkbare stand stets innerhalb des Geländes zur Verfügung. Nach außen war es durch ein System von Zäunen,
Gräben, Drähten, Kameras, Drohnen, Gänsen, Hunden und
weiteren "Überraschungen" geschützt. Dies waren die bekannten Maßnahmen.

Um dieses Außen-System durften Maike und Georgieta
sich nicht kümmern. Ihre Aufgabe war die physische Kontrolle der *Inneren Ringe*. Jeder Teilabschnitt war durch ein
System von Doppelzäunen gesichert. Sie mussten jedes
der 15 Zaunsegmente Meter um Meter in Augenschein
nehmen und zusätzlich die jeweilige Alarmanlage überprüfen.

Der Kombi, in dem sie Patrouille fuhren, wurde wie ihr
PolTra 223 von einem kybernetischen System gelenkt. Die
Route wurde per Zufalls-System festgelegt. Der Patrouil-
lenkombi stoppte irgendwo an einem ausgewählten
Zaunsegment. Beim Aussteigen wechselten sich Maike und
Georgieta ab und ruckelten jeweils kräftig an zwei Pfählen

und am Draht. Dieses Ruckeln diente der Kontrolle, ob der Zaun wirklich stabil war. Gleichzeitig wurde überprüft, ob die Alarmanlage die Manipulationen am Zaun auch an die Sicherheits-Abteilung von *Altes Land BioChemPhy* meldete.

An allen Schleusen der Teilabschnitte hielt der Kombi automatisch. Dort wurde das Außentor manipuliert. Meldete die Alarmanlage das Rütteln, sowie die Öffnung und anschließende Schließung des Tors, bekam das *Team3: MiKi* die Erlaubnis zur Überprüfung des Innentors. Da wiederholten sich alle Vorgänge in sturer Routine.

Maike war bald sauer. Wie üblich wechselten sie und Georgieta sich ab. Gerader Halt: Maike, ungerader Halt: Georgieta. So hatten sie es festgelegt. Und während dieser Patrouille lagen fast alle Schleusen an den geraden Nummern. Deren Überprüfung fiel (wie abgesprochen) bei knallender Hitze von 40° C an Maike. "Sonnenstich und Hitzeblitz!", fluchte sie. Einmal sprang Georgieta ein und übernahm Maikes Doppeltor-Kontrolle.

Schon nach wenigen Schritten bereute Georgieta ihre Hilfsbereitschaft. Selbst die Komfort-Sommeruniformen verzögerten die Erwärmung bis auf die Haut nur um Sekunden. Jede Bewegung war wegen der heiß-feuchten Luft mit Schweißausbrüchen verbunden. Jedes Kleidungsstück klebte am Körper, an dem der Schweiß nur so herunterlief. Jeder Atemzug führte zu lähmender Hitze in Nase, Rachenraum und Lunge. "Unsere Gewerkschaft muss die Bedingungen für sie Arbeit an Hitzetagen neu justieren", überlegte Georgieta.

War die letzte Schleuse eines Abschnitts erreicht, wurde diese nicht verschlossen. Schließlich musste auch der innere Zaun kontrolliert werden. Obwohl alle Beteiligten wussten, wie notwendig die Kontrollen waren, empfanden alle dieses Prozedere als absolut öde, öde, öde und stumpf, stumpf, stumpf. Dazu diese quälende Hitze heute... Immerhin, an zwei Stellen war der Zaun locker und musste sofort von Sicherheits-Technikern repariert werden. Und beim ganzen Nordsegment des Abschnitts zehn war die Alarmanlage ausgefallen.

Die Rückfahrt nach Mittelnkirchen verschliefen Georgieta und Maike. Im Dienstgebäude stellte sich jede von ihnen 10 Minuten unter die Eisdusche.

In der Polizeidirektion Bremervörde hatte das *Direktions-team1: BreVö,* Direktionsinspektorin Wiebke Regener und Direktionskommissar Lennart Gantswig um 14 Uhr mit dem Verhör des Ältesten der drei Festgenommenen begonnen. Die vorliegenden Informationen verhießen nichts Gutes.

==========================================

Landespolizei Niedersachsen

Bezirksdirektion Bremervörde --- Informationen, **intern-**

11.07h

*Festnahmen letzte Nacht,* Gelände Hotel *Kleine Warft,* Horneburg        Festnahme um 3.27h

In Gewahrsam [ Bremervörde, Zellen 3, 4, 8 ] seit 4.38h:

1. Fred Carstensen, 34 Jahre; Sandelstr. 358, Hamburg        --Schauspieler

Fünf Festnahmen wegen Verdachts auf Drogenhandel, alle
Prozesse endeten mit Freisprüchen

Ihm lässt sich nicht nachweisen, dass er zum
Führungskreis der *Sportarena Trizeps* [ Organisiertes
Verbrechen, Akte SP 2005.3 ] gehört.


2.  Jörn Normann, 28 Jahre;   Ludwig-Erhard-Allee
    109; Hamburg            Tankwart, Kellner

Zwei Jugendstrafen, zwei Haftstrafen – alle wegen
Körperverletzung

Dreimal vorzeitige Entlassung wegen guter Führung.

Seit sieben Jahren aktenkundig im Umfeld der *Sportarena
Trizeps* [ auch als Türsteher und Personenschützer ]


3.  Kevin Starner, 29 Jahre;  Sandmannplatz 28,
    Hamburg                arbeitslos

    Viermal Verdacht auf Drogenhandel – keine
    Vorstrafen

Hält sich seit neun Jahren im Umfeld der *Sportarena
Trizeps* auf.

--- --

=========================================

"Der Anwalt ist schon da, ein Dr. jur. Reimar F. Breder. Gleich dürfen wir auf Granit beißen", sagte Kommissar Gantswig.

Inspektorin Regener reagierte gelassen: "Wenn wir keine Chance haben, sollten wir das nutzen."

"Aha. Und wie?"

"Wir spulen stur den Standard ab und lassen uns anmerken, dass wir unsere Position für aussichtslos halten."

"Also Höchsttempo auf gerader Strecke und plötzlich eine Schikane."

"Wozu bieten unsere Unterlagen erstaunlich fette Überraschungen?"


Dr. Breder und Fred Carstensen grüßten höflich, als die beiden den Raum betraten. Noch an der Tür hatten sie Inspektorin Regener zu Kommissar Gantswig flüstern hören: "Die Hannoveraner sollen ihn knacken."

Gantswig flüsterte noch leiser, aber hörbar genug zurück: "Wenn Dr. Breder das zulässt."

Nach gegenseitiger Vorstellung, sowie Nennung von Rang und Namen, stellte Inspektorin Regener die erste Frage: "Herr Carstensen, Sie schossen heute Morgen um 3.16 Uhr auf eine Person im Polizeidienst."

"Lebt die Person noch? Ich hoffe, sie lebt und ist nur gering verletzt. Das war ein dummer Irrtum. Ich konnte doch nicht ahnen, dass ich einen Polizisten vor mir hatte. Es tut mir so leid. Aber ich dachte, das sei ein weiterer Überfall auf mich. In den letzten Monaten wurde ich zweimal überfallen. Beim letzten Mal wurde sogar auf mich geschossen. Deshalb habe ich immer eine Pistole bei mir."

Carstensen sah zu Dr. Breder. Der griff in seine Aktentasche: "Herr Carstensen hat einen Waffenschein und seine Pistole ist amtlich registriert. Hier habe ich auch die Protokolle zu den beiden Überfällen auf Herrn Carstensen."

"Danke!" Kommissar Gantswig scannte die Unterlagen auf dem Laptop, reichte sie dem Rechtsanwalt zurück.

"Wie erlebten Sie die Momente vor dem Schuss, Herr Carstensen?"

"Ich ging ums Hotel, dort nahm ich an der Feier einer Silberhochzeit teil, und kam auf den Parkplatz. Es war still. Ich hörte nur meine Schritte. Plötzlich wurde ich geblendet und angebrüllt. Ich war so aufgeregt und meinte, es ging um mein Leben. Da zog ich die Pistole, um mich zu verteidigen und schoss."

"Hörten Sie, was gerufen wurde?

"Das war ein Schrei..., ein wahnsinnig lauter Schrei. Das Licht und dieses Gebrüll. Ich hatte Panik, nackte Panik... Ich denke, da wurde "Polizei" gerufen. Aber beschwören kann ich das nicht. Ich dachte doch nur: Die wollen dich töten. Verteidige dich. Können Sie mir sagen, ob der Polizist noch lebt oder war es etwa eine Polizistin? ..."


"Zur Person und zu ihrem Zustand dürfen wir keine Auskunft erteilen."

Dr. Breder griff ein: "Herr Carstensen will Sie bei der Wahrheitsfindung unterstützen. Wie soll er Ihnen helfen, wenn Sie ihm wichtige Informationen über den Zustand der angeschossenen Amtsperson vorenthalten? Ich habe den Eindruck, Sie führen diese Untersuchung nicht korrekt durch!"

"Herr Dr. Breder, in dieser ersten Phase der Untersuchung geht es darum, Fakten zu sammeln. Dazu werden wir nicht nur Herrn Carstensen vernehmen, sondern alle fünf Beteiligten. Herr Carstensen hat erklärt, warum er sich subjektiv in einer Notwehrsituation befand. Das haben wir zur Kenntnis genommen.

Uns allen ist aber auch bewusst, dass Verfahren unterschiedlich verlaufen, je nachdem, ob eine Handlung einen Tod oder nur eine leichte Verletzung nach sich zieht", erläuterte Inspektorin Regener.

Kommissar Gantswig kommentierte: "Früher bestand das Recht auf Information über den Zustand des Angeschossenen. Die Verschärfung des Datenschutzes stärkte die Rechte der von Aggressionen Betroffenen. Über sie darf nichts mitgeteilt werden, nicht einmal ihre Namen. Dafür bitten wir um ihr Verständnis."

Die Spannung legte sich etwas. Inspektorin Regener setzte den auf dem Tisch liegenden Doku-Monitor in Betrieb: "Wir müssen Sie jetzt wegen wichtiger Details befragen, Herr Carstensen. Zuerst, warum schossen Sie nicht in Richtung Lichtquelle?"

"Das weiß ich nicht. Irgendwie hatte ich instinktiv mehr Angst vor dem Geräusch. Das konnte doch ein Schuss sein."

"Sie waren gerade geblendet worden, trafen aber genau die Person, die gerufen hatte, obwohl sie im Dunkeln stand. Können Sie das erklären?"

"Nein. Bestimmt wollte ich nur einen Warnschuss abgeben. Dass ich traf, wird ein Zufall gewesen sein."

"Es hat nichts mit Ihrem früheren Einsatz als Präzisionsschütze bei der Bundeswehr zu tun?"

Kommissar Gantswig spielte auf dem Doku-Monitor drei

Auszeichnungen für den Präzisionsschützen Unteroffizier Fred Carstensen ein. Zwei bezogen sich auf Nachtübungen. Carstensen hatte jeweils die höchste Punktzahl erreicht.

"Das ist doch zehn Jahre her, und der Gebrauch von Gewehren ist doch ganz etwas anderes als das Schießen mit Pistolen", schüttelte Carstensen den Kopf.

"Pistolenschießen üben Sie regelmäßig auf dem Schießstand in Wedel." Kommissar Gantswig spielte die Liste mit den Einträgen des Platzwartes in Wedel ein. "Sie trainieren im Zwei-Wochen-Rhythmus, jeweils drei Stunden. Alle Achtung. So viel Zeit wird Polizeibeamt*Innen für Waffenübungen nicht gegeben."

Carstensen wollte darauf etwas sagen, aber Dr. Breder preschte vor: "Wie kommen Sie dazu, sich über jedes auch noch so unwichtige Detail der Gewohnheiten meines Mandanten zu informieren?"

Inspektorin Regener tippte auf den Doku-Monitor. Eine Folge von Bildern mit Daten aus den letzten Jahren zeigte Fred Carstensen in der *Sportarena Trizeps*. Die Inspektorin sah aber nicht zur Carstensen, sondern zu Dr. Breder und erläuterte: "Ihr Mandant bewegt sich vorwiegend in einem Umfeld, mit dem sich die Hamburger Polizei *viel zu oft* befassen muss."
Sie schwieg. Dr. Breder schwieg. Seinen Augen war die Wut über den Vorwurf anzusehen. Denn der richtete sich nicht allein gegen Fred Carstensen, sondern auch gegen Dr. Breder. Es war bekannt, dass der hochkarätige Anwalt Dr. Reimar F. Breder häufiger Personen aus dem zwielichtigen Milieu verteidigte. Dr. Breder sah zu Gantswig. Doch der konzentrierte seinen Blick ganz auf den Befragten.

Fred Carstensen grinste und wollte sich äußern; aber Dr. Breder erklärte für Ihn: "Mein Mandant sieht sich durch Ihre Vorurteile in seiner Ehre gekränkt."

Inspektorin Wiebke Regener blieb in der sachlichen Tonlage, in der sie bisher alle Fragen gestellt hatte: "Herr Carstensen, Sie wurden als Präzisionsschütze ausgezeichnet, üben ständig Schießen und trafen die Amtsperson, die "Polizei" rufen wollte, im Brustbereich. Möchten Sie nicht doch die Aussagen zu ihrem emotionalen Zustand ändern?"

"Ich hatte Angst. Ich war in Panik. Punkt. Schluss."

Gantswig bewegte seine Hand zum Laptop: "Herr Carstensen, Sie wurden fünf Sekunden, bevor Sie schossen und natürlich auch während Ihrer Aktion von der Schulter-Kamera und von der Infrarotkamera der Amtsperson zwei, die das Licht einschaltete, gefilmt. Bitte sehen Sie sich die Aufnahmen genau an, besonders das Bild der Infrarotkamera auf der rechten Seite des Monitors. Wir spielen Ihnen die Aufnahmen einmal in tatsächlicher Geschwindigkeit vor und einmal verzögert, in 20 Sekunden Länge statt der zehn Sekunden realer Zeit. Wie gerade erwähnt, stammen die Aufnahmen von der Helmkamera der Amtsperson zwei. Sie gehören zum Dokumentationsmaterial der Landesstaatsanwaltschaft Niedersachsen und würden im Falle eines Prozesses als Beweis vorgelegt."

Carstensen empörte sich: "Mit welchem Recht wird man als harmloser Spaziergänger amtlich gefilmt?" Dr. Breder stimmte ihm zu: "Zum Filmen normalen Verhaltens haben Sie kein Recht."

"Mit den Aufnahmen wurde eine Straftat dokumentiert, die vorerst nichts mit dem Schuss zu tun hat. Nehmen wir einfach an, Herr Carstensen geriet zufällig in diese Aktion und stand nicht mit ihr in Verbindung... Herr Carstensen, bitte sehen Sie sich diese Aufnahmen an und erklären Sie uns, warum Sie geschossen haben."

Kommissar Gantswig ließ die Aufnahme laufen. Erkennbar war, dass Fred Carstensen die Pistole bereits von Anfang an in der Hand hatte. Ganz konzentriert stand hob er die Pistole in Augenhöhe, das Licht ging an, der Ruf "Po..." war zu hören, Carstensen schoss, wurde ebenfalls getroffen und sackte zu Boden.

Carstensen hatte den ersten Durchlauf mit aufgerissenem Mund verfolgt, beim zweiten Durchgang kniff er die Augen zusammen. Sein Kommentar sollte entspannt wirken, aber seine Erregung war unüberhörbar: "Mein Gehirn schwamm in Adrenalin. Ich stand da wie ein Kaninchen vor der Schlange." Dr. Breder nickte zustimmend.

"Müssten Sachverständige nicht zur Auffassung gelangen, dass Sie eine Person ins Visier nahmen und beabsichtigten, auf diese zu schießen?"

"Es wird bestimmt auch Sachverständige geben, die bestätigen, dass ich in diesem Augenblick nichts anderes als Spielball meiner Emotionen war."

"Ganz bestimmt werden sich solche Gutachter*Innen finden lassen." Inspektorin Regener sah bewusst weder Dr. Breder noch Fred Carstensen an. Trotzdem registrierte sie, dass ihre Bemerkung gesessen hatte.

"Eins zu null!", freute sie sich Inspektorin und begann mit dem nächsten Spielzug.

"Herr Dr. Breder, Herr Carstenen, wir erklären Ihnen kurz, in welchem Zusammenhang die Aufnahmen entstanden. Um 2.14 Uhr wurden wir per Notruf 110 informiert, dass drei Männer auf dem Parkplatz des Hotels *Kleine Warft* in Horneburg einen Möbeltransporter aufbrachen. Zwei PolTras eilten dorthin und im Zuge dieser Maßnahme kam es zu Ihrem Schuss auf Amtsträger eins.

Außer Ihnen nahmen wir die Herren Jörn Normann und Kevin Starner fest. Sie kennen die beiden." Inspektorin Regener wies auf Fotos der beiden auf dem Monitor. Fred Carstensen beugte sich zu den Aufnahmen: "Nein. Die kenne ich nicht."

Kommissar Gantswig fragte erstaunt: Die beiden gehören zur *Sportarena Trizeps,* Herr Carstensen."

"Möglich, dass ich die mal gesehen habe." Carstensen sah noch einmal auf den Doku-Monitor. "Möglicherweise waren wir mal bei einer Veranstaltung zusammen. - Aber... *Nein!* Ich kenne nicht einmal ihre Namen."

"Denken Sie bitte noch einmal nach. Denn der Aufbruch des Transporters erforderte Kenntnisse und Organisations-talent. Die Täter holten aus fünf versteckten Hohlräumen spezielle Ware, deren Wert im siebenstelligen Bereich liegt. Bei Aktionen dieser Art übernehmen *sportlich fitte Männer* wie Herr Normann und Herr Starner die Handlangerdiens-te. Zur Leitung so wichtiger Unternehmungen werden Per-sonen Ihres Formats benötigt."

"*Ich* war Gast einer Silberhochzeit im Hotel *Kleine Warft, ich* machte einen Spaziergang, um den Kopf frei zu be-kommen, *ich* habe keine Ahnung, wer da an diesem Kleintransporter war und warum. Mit *diesen* Männern und ihrem Verbrechen habe ich nichts zu tun."

"Der Tathergang wurde über 30 Minuten lang gefilmt. Die Aufnahmen liegen der Staatsanwaltschaft vor. Wenn Sie bitte sich bitte einige Sequenzen ansehen. Auch für Sie wird ersichtlich, dass drei Männer Material aus dem Möbel-transporter zu einem Kombi trugen."

"Da sind drei Männer zu sehen. Ja. Dann ist ihnen also einer entwischt."

"Wir präsentieren Ihnen vorläufige Präzisionsaufnahmen zum ältesten der drei Täter, Täter A. Die Qualität der Auf-nahmen wird durch das Technische Labor der Landespolizei Niedersachsen in Hannover noch erheblich verbessert werden. Meiner Meinung nach ist das nicht notwendig. Für mich sind Sie Täter A", sagte Inspektorin Regener. Der Kommissar spielte die Aufnahmen ab.

Fred Carstensen sah sich die Aufnahmen genau an und kommentierte anschließend: "Ja, dummerweise hat dieser Mann Ähnlichkeiten mit mir. Aber *das* bin ich nicht. Ich war doch bis zwei Minuten vor dem Überfall auf mich - Ja, grinsen Sie nur! Ich glaubte, überfallen zu werden! - im Hotel.
Das wird Ihnen die ganze Feiergesellschaft bezeugen."

"Herr Carstensen, die Struktur-Analyse ergab folgende gesicherte Details: Größe und Körperbau von Täter A sind mit Ihnen identisch. Die dokumentierten Körperbewegungen stimmen mit Ihren überein, weiterhin Jacke, Hose und Schuhe.
Täter A trug genau dort eine Pistole, wo auch Sie ihre Pistole getragen haben."

"Es mag in Ihren Augen gegen mich sprechen. Täter A ist mir ähnlich, weiß der Teufel warum. Aber ich bin es nicht. Das können Sie mir glauben. *Ich* bin unschuldig. Wirklich."

Rechtsanwalt Dr. Breder ergänzte: "Vielleicht wussten die Täter, dass Herr Carstensen im Hotel logierte und ihr Täter A schlüpfte in die Rolle meines Mandanten."

Inspektorin Regener ging zum nächsten Punkt über, was Carstensen und seinen Anwalt sichtbar irritierte. Warum versuchte sie nicht, den Verhafteten zu einem Geständnis zu zwingen? War sie so unsicher, dass sie als Direktionsinspektorin das entscheidende Verhör den Kollegen der

Landespolizei überlassen wollte oder hatte sie noch einen Trumpf in der Hinterhand?

"Herr Carstensen, wir haben Abrieb ihrer Handschuhe an den transportierten Kisten, dem Möbeltransporter und dem Kombi gefunden."

"Nie und nimmer. Der Täter, der meine Rolle so perfekt übernahm, wird die gleichen Handschuhe wie ich verwendet haben."

Dr. Breder meldete sich ebenfalls zu Wort: "Das Material wird gerade erst seit zwölf Stunden untersucht. Sie wollten meinem Mandanten sicher nur eine Falle stellen?"

Kommissar Gantswig fuhr auf dem Monitor die Liste der Dokumente mit dem Finger ab, tippte auf Nr. 38.  "Kunststoff- und Lederteile der Handschuhe Fred Carstensens identisch mit - Seitenwand rechts Bodenkasten II links unten; - Seitenwand IV rechts Mitte; - Kästen K 13, 20, 21, 31, 35, 48, 52, 66;  - Kombi Bodenfläche hinten Mitte."

Fred Carstensen schlug die Hände vor dem Gesicht zusammen: "Ich kann nicht mehr. Sie überschütten mich mit ungerechtfertigten Behauptungen. Ihr Verhalten ist so unfair. Ich werde mich über Sie beschweren! Das hier ist keine Befragung. Das ist Folter!"

Dr. Breder nickte: "Ich sehe das genauso. Sie sind völlig voreingenommen!"

Wiebke Regener schüttelte den Kopf: "Herr Castensen, Herr Dr. Breder, die Vernehmung wird aufgezeichnet und zeitgleich auf Ihren Laptop übertragen. Sie können die Sachlichkeit unseres Verhaltens jederzeit überprüfen."

Die Inspektorin schloss mit der Bemerkung: "Herr Kommissar Gantswig und ich konfrontierten Sie hier und jetzt mit dem vorliegenden Beweismaterial. Dazu sind wir verpflichtet. Sie erhalten die Gelegenheit, das Material zu kommentieren. Darum geht es bei der ersten Vernehmung. Wir haben noch zwei Punkte. Dann schließen wir die Vernehmung ab."

"Ich stelle fest, dass mein Mandant restlos erschöpft ist. Er kann weitere Fragen nicht mehr beantworten."

Inspektorin Regener sprach die anwesende Polizistin an: "Frau Holzer, holen Sie bitte je eine Tasse Kaffee für Herrn Carstensen und seinen Anwalt. Herr Dr. Breder, ihr Mandant hat das Recht darauf zu erfahren, welche Indizien im Prozess gegen ihn eine Rolle spielen könnten, und wir haben die Pflicht, ihm und seinem Anwalt diese möglichen Beweise zu repräsentieren. Deshalb müssen noch zwei Punkte angesprochen werden."

Der Kaffee für Carstensen und Dr. Breder wurde gebracht. Regener und Gantswig verzichteten auf Getränke. Nachdem der Festgenommene und sein Anwalt etwas getrunken hatten, begann Inspektorin Regener: "Erstens nenne ich Ihnen jetzt eine Reihe von Namen. Sie sagen mir bitte, welche Bedeutung diese Personen für Sie haben:

1. Xaver Mahltaler"

"Ist mir nicht bekannt."

"2. Sara Jensen"

"Unbekannt."

"3. Wolter Jensen"

"Unbekannt."

"4. Jörn Normann"

"Hatten Sie nicht schon einmal nach dem gefragt? Den kenne ich noch immer nicht!"

"5. Kevin Starner"

"Noch immer unbekannt. Muss ein interessanter Mann sein."

"6. Hubert Gersbruch"

"Nee."

"7. Richard Stadeler"

"Nee."


"Sie sind bei allen sieben ganz sicher?"

"Völlig sicher."

Kommissar Gantswig kommentierte: "Herr Carstensen, angeblich kennen Sie die Herren Normann und Starner nicht. Sie hören die Namen angeblich erst zum zweiten Mal und erinnern sich an diese?"

"Ich habe ein sehr gutes Namensgedächtnis, Herr Kommissar Gantswig."

Inspektorin Regener fuhr fort: "Zweitens spiele ich Ihnen eine Aufnahme der Niederländischen Reichspolizei vor, Amsterdam, Club *Yolanda,* Samstag, 11. April, 1.49 Uhr."

Auf dem Laptop war in blassrotem Licht ein runder Swimmingpool mit Sitzbänken zu sehen, zur Hälfte mit Schaum bedeckt. Im niedrigen Pool vier Personen, zwei nackte Hostessen, je eine neben Fred Carstensen und Jörn Normann, die Tangas trugen. Die Pärchen streichelten, leckten, knutschten, massierten sich leidenschaftlich. Während die Hostessen nichts sagten, sprachen Fred und Jörn hin und wieder miteinander.

"Gib mir mal das Glas Champagner, Jörn."

"Diese Zicke lässt mich nicht ran."

"Wie die mich unten mit ihrer Lippe massiert, einfach first class."

"Schieb mir mal deine Mietze rüber, Fred."

"Fred, bestell bitte die nächsten Puppen, die beiden haben wir doch abgelutscht."


Inspektorin Wiebke Regener stoppte den Film und fragte: "Herr Carstensen, Sie kennen Herrn Normann, nicht wahr?"

Der Gefragte lehnte sich zurück: "Da war ich sturzbetrunken. Ich kann mich an nichts erinnern. So blau wie ich war, hätte ich mich sogar mit Ihnen geduzt, Frau Inspektorin Regener."

Inspektorin Regener lehnte sich ebenfalls zurück: "Herr Carstensen, Sie hielten sich fast nackt gemeinsam mit einem Mann in einem exklusiven Swimmingpool des Clubs *Yolanda* auf. Sie duzten sich mit ihm. Am Morgen darauf unterschrieben Sie, dass Sie gemeinsam mit Herrn Normann den Pool-Service in Anspruch nahmen."
Sie blendete ein Foto des Belegs ein. "Damit zahlten Sie auch Herrn Normanns Rechnung. Sie sind ihm mit großer Sicherheit in der *Sportarena Trizeps* begegnet. Dort arbeitet er seit sieben Jahren als Türsteher und Personenschützer. Welche Staatsanwälte und welche Richter sollen ihnen abkaufen, dass Sie Jörn Normann nicht kennen?"

"Sie wissen doch gar nichts über die Atmosphäre in diesem Amsterdamer Club und die Regeln, nach denen dort gemeinsam auf die Pirsch gegangen wird. Diese Randfigur und ich bildeten für eine Nacht ein Rudel. Das war es dann auch..."

"Herr Carstensen...", begann Kommissar Gantswig, da mischte Dr. Breder sich ein: "Gerade wurde gesagt, Sie hätten noch zwei Punkte. Die sind doch wohl geklärt, oder kann ich nicht richtig zählen?"

"Sie sind geklärt, Herr Dr. Breder", sagte Wiebke Regener trocken, "Herr Carstenen, Sie bleiben weiter in Gewahrsam. *Vermutlich* werden Sie heute nach Hannover überstellt. *Vermutlich* werden wir uns vor einem Gericht wiedersehen. - Frau Direktionspolizistin Holzer, bitte führen Sie Herrn Carstensen zu seiner Zelle."

Die Inspektorin sah zum Anwalt: "Herr Dr. Breder, dann geben wir Ihnen schon einmal den Hinweis, dass eine weitere Aufnahme aus einem zweiten Club vorliegt, die belegt, dass die Herren Carstensen und Normann sich gut kennen."

Als das *Direktionsteam1: BreVö* die Befragung Revue passieren ließ, war es zu erschöpft, um sich zu ärgern oder ins Lästern zu verfallen.

"Ekke Nekkepenn! Die werden bis zum Sterbebett jede Schuld ableugnen. Doch die Fülle der Indizien wird die Richter nicht lange über das Urteil nachdenken lassen."

"Allein die Tatsache, dass Carstensen geleugnet hat, Normann zu kennen. Den Gerichten werden nicht zwei, sondern fünf Videos mit Fred und Jörn aus unterschiedlichen Etablissements als Beweismittel vorliegen."

Auch die Salzburger Kollegen mussten sich mit einem aalglatten Beschuldigten befassen. Hubert Gersbruch, der

Stammfahrer von *Antiquitäten Mahltaler,* lebte nach seinen Aussagen im Tal der Ahnungslosen. Wenn er Ware in den speziellen Hohlräumen deponierte, habe er stets in Mahltalers Auftrag gehandelt. Dabei sei es um Schmuggel gegangen? Er habe immer geglaubt, diese besonderen Zwischenräume dienten zur besonderen Sicherung der Ware.

Auf der normalen Ladefläche würden auch teuerste Antiquitäten doch unwiederbringlich beschädigt. Im Möbeltransporter habe die Polizei im Alten Land Drogen gefunden? Das sei entsetzlich. Herr Mahltaler als Drogenkurier? Niemals, das sei undenkbar.

Salzburg meldete auch, diesen "blauäugigen" Aussagen stehe nach der ersten Auswertung von Gersbruchs Computer der Fakt gegenüber, dass der Mann über vier Konten mit Guthaben von insgesamt 288.000 Euro verfüge.

Im Dienstgebäude des Bezirksreviers Mittelnkirchen spielte Maike Rupach spätabends mit der 3-D-Kopie des Rings aus Weißgold, der zur Wasserleiche in Kroatien gehörte. Sie hatte schon geschlafen, träumte dann aber, wie Wolter Jensen den Ring ins Wasser schleuderte. Mit einem Schlag war die Bezirks-Polizistin hellwach. Würde der Ring endlich zur Überführung der Mörderin Sara Jensen führen?

Sie holte die Kopie und ging mit ihr ins Labor. Bei einer oberflächlichen Betrachtung wirkte der Ring wie normaler Modeschmuck. Erst bei genauerer Analyse fielen die Qualität der Bearbeitung und des verwendeten Materials auf.

Aber wie konnte der kleine Ritzer in Sara Jensens Haut entstanden sein? Maike streifte die Kopie über ihren Ringfinger. Diesmal bemerkte sie nichts. Lag es daran, dass auch ihr Finger für den Ring zu klein war? Sie drehte den

Ring über ihren Finger. Stopp! War da innen eine winzige Unebenheit, eine Art Spitze? Sie hielt die Stelle mit dem Störenfried nach oben und markierte die Position auf der Außenseite. Dann kontrollierte sie die entsprechende Innenseite. Auf Anhieb entdeckte Maike Rupach die winzige Erhebung. Wer wusste, wo er zu suchen hatte, fand die Spitze ohne große Mühe.

Sie zog die Arbeitsleuchte zu sich und holte die stärkste Lupe, die im Dienstgebäude vorhanden war. Das vergrößerte Bild der Erhebung ließ ein Quadrat erkennen, dessen Seitenlänge keinen halben Millimeter betrug. Nein, es war kein Quadrat, da waren nur vier Eckpunkte.

"23.28 h. Ekke Nekkepenn! Soll ich mich in Kroatien unbeliebt machen und jetzt anfragen?" Sie entschied sich gegen einen Anruf, fotografierte und archivierte die vier Punkte und schickte ihre Anfrage unter dem Stichwort "VIER" per Dienst-EMail in Richtung Süden. Mit grünem Band.

=============================================

Landespolizei Niedersachsen

Bezirksdirektion Bremervörde

Bezirks-Revier Mittelnkirchen  **--Anfrage--**   23.29h


Innenministerium der Republik Kroatien

Staatspolizei Kroatien  -Sektion Kornati -   über Interpol

„VIER"

Bitte den Ring der heute vor Kornati gefundenen
Wasserleiche überprüfen

Sehr geehrte Kolleg*Innen,

in der uns zugesandten 3-D-Kopie des Rings der
Wasserleiche sind auf der Innenseite vier erhabene Punkte
auf der planen Fläche zu erkennen. [ Siehe die Fotos 1-3
der Anlage ]

Als wir der Frau des verschwundenen Wolter Jensen die
Kopie zeigten, streifte sie aus Neugier den Ring über ihren
Ringfinger. Dabei entstand ein dünner, langer Riss an der
Haut.

Gehören die vier erhabenen Punkte auch zum Original?
Entstanden sie erst beim Kopieren? Verursachte ein Pro-
duktionsfehler die Punkte? Oder entwarf die/der Goldschmied*In sie absichtlich, sodass die Punkte für den
Träger eine spezielle Bedeutung besaßen?

Frau Jensen erklärte, dass der Ring **nicht** ihrem Mann
gehört.

--- ---

=======================================

# 41° C

Der von Maike Rupach ins Wasser geworfene Stein löste, was sie nicht beabsichtigt hatte, eine Sturmflut aus. Ihre Anfrage unter dem Titel *VIER* setzte den gesamten Polizeiapparat Kroatiens und seiner Nachbarländer in Alarmzustand.

Die Bezirks-Polizistin Maike Rupach konnte es später selber nicht erklären. Wählte sie die Überschrift *VIER* wirklich nur, weil es ihr um die Zahl der Punkte ging? Oder war ihr bewusst, dass der Begriff *"VIER"* für ihre kroatischen Kolleg*Innen mit einer hohen Bedeutung geladen war?

Die *Bezirksdirektion Bremervörde* galt als *Provinz* (irgendwo in der Mitte der Pampa) und der Bereich des *Bezirks-Reviers Mittelnkirchen* als eine Ansammlung verschnarchter Nester. (Daran würde auch der gestrige Fund einer Tonne Designer-Brause nichts ändern.) Aber das *Team3: MiKi* las pflichtgemäß alle *Interpol*-Informationen der *Stufe Rot*.

In diesen Mitteilungen tauchte die ominöse *VIER* im Zusammenhang mit Kroatien immer wieder auf. Hatte Maike Rupachs Hinterkopf völlig unbewusst die *VIER* der kroatischen Interpol-Informationen mit den vier Punkten der Ring-Gravur verknüpft?

In Zagreb jedenfalls pumpte die Überschrift *VIER* dem nächtlichen Leitungsteam der kroatischen Staatspolizei literweise Adrenalin ins Hirn. *VIER,* das war jene Mafia-Krake, die Kroatien fest im Griff hatte; mit brutaler Gewalt, Korruption, sowie Verbindungen zu Banken, Konzernen, Behörden und Parteien.

Die *VIER* war reale Bedrohung, die Zahl ihrer Opfer lag weit über hundert. Doch während die *VIER* in aller Munde war, konnte bisher keinem einzigen Verdächtigen nachgewiesen werden, dass zur Organisation *VIER* gehörte.

Kurz vor Mitternacht war die Anfrage aus dem Alten Land eingetroffen. Die sofortige Überprüfung des Rings ergab, dass die vier kleinen Spitzen in der 3-D-Kopie auf keinem Übertragungs-Fehler beruhten. In Zagreb, Rijeka und Zadar saßen fünf Untersuchungshäftlinge ein, die der Mitgliedschaft in der Organisation *VIER* verdächtigt wurden.

Das Leitungsteam der Staatspolizei ließ alle Ringe der Inhaftierten konfiszieren und kriminaltechnisch untersuchen. Auch dort fanden sich die vier Eckpunkte. Am Morgen erreichte das Bezirks-Revier Mittelnkirchen diese Information, mit rotem Band.

========================================

Landespolizei Niedersachsen
Bezirksdirektion Bremervörde – Information - 8.04h


Staatspolizei Kroatien                    über Interpol


*Vier erhabene Punkte auf der Innenseite von Ringen*
*_+_Zusammenhang mit der Organisation VIER_+_*

1. Die *Polizeidirektion Bremervörde*, Deutschland, entdeckte in der 3-D-Kopie eines Rings [ Innenseite ] vier erhabene Punkte.

Sie bilden die Eckpunkte eines Quadrates mit der Seitenlänge 0,75 mm [ siehe Anlage Kro/P Korn 44-08-16 ]

Die vier Spitzen bestehen aus Haltbarkeitsgründen nicht aus Gold, sondern einer Stahl-Messing-Legierung.

2. Der Originalring befand sich am rechten Ringfinger einer an den Strand der kroatischen Insel Kornati gespülten männlichen Leiche.

Der Tote ist bisher nicht identifiziert. Bitte mögliche Hinweise zum Toten oder zum Ring an uns weiterleiten.

[ Siehe Anlage K 956-NN ]

3. Das unter 1. beschriebene Detail könnte das Erkennungszeichen der mafia-ähnlichen Organisation VIER sein.

Denn eine umgehende Untersuchung der Ringe von fünf Verdächtigen ergab, dass auch in deren Ringe vier Spitzen eingearbeitet waren.

Bitte überprüfen Sie die Ringe von Häftlingen, die verdächtigt werden, möglicherweise zur Organisation VIER zu gehören.

4. Schritte gegen Verdächtige auf freiem Fuß stehen an.

5. Gefahndet wird nach dem/der Goldschmied*In, die/der diesen speziellen Ringe anfertigte.

--- ---

==========================================

Georgieta konnte sich das Lachen nicht verkneifen: "Heute Abend verkündet der Hamburger *Tagesblitz* an erster Position seiner Email-News *"Mörderin bringt Polizei auf die Spur einer Mafiaorganisation!"* - Maike, wenn Sara Jensen wegen Mordes an ihrem Mann angeklagt werden sollte, wirst du nicht verhindern können, dass ihr mildernde Umstände eingeräumt werden."

"Lass die Kirche im Dorf. Noch steht die Bedeutung der vier Punkte nicht fest. Bisher verfügt die kroatische Polizei nur über schwache Indizien. Fest steht nur, dass der gefundene Tote nicht Wolter Jensen ist."

"Ich lasse die Kirche im Dorf und vermute weiterhin Frau Jensens Unschuld. Konzentrieren wir uns auf unsere Hauptaufgabe. Bei 41° Celsius muss kontrolliert werden, ob die Hamburger nicht ihre Grenzpfähle in Richtung Königreich verschoben haben."

"Aber wir werden ab heute Mittag zum ersten Mal die Kühlhelme benutzen!"

"Wie lange hält ein Helm den Kopf kühl?"

"Maximal anderthalb Stunden. Nach dem Aufsetzen der Kühlhelme müssen wir auf Signale unserer Körper achten. Denn die Helme wirken nur auf die obere Hälfte des Kopfes, während alle anderen Körperteile der Hitze ausgesetzt bleiben."

"Da lauern Missverständnisse zwischen Gehirn und Körper. Während unsere grauen Zellen sich pudelwohl fühlen, verdorren Haut und Fleisch in der Hitze."

"Der Umgang mit diesen Risiken werden wir lernen müssen."


Maikes Stimmung hellte sich auf. Die Fahrt zum Dorf Königreich, das hart an der Grenze zur Freien und Hansestadt Hamburg lag, bedeutete letztlich einen Abstecher nach Buxtehude, wo Torsten mit ihren Söhnen lebte. Also stand eine Patrouillenfahrt mit den Zwillingen an, verbucht unter Anwerbung für den Polizeiberuf.
Tatsächlich träumten Jörgen und Hanno seit ihrer Zeit im Kindergarten davon, in die Fußstapfen ihrer Mutter zu treten. Polizist sein, das bedeutete Verbrecher jagen und zumindest jeden Tag im coolen PolTra unterwegs sein. Dagegen war Torstens Beruf stinklangweilig. "Schiffsbauingenieur, wozu? Die Kästen schwimmen doch von allein."

"Warum eigentlich? Wo Eisen doch viel schwerer als Wasser ist? Da muss doch jedes Schiff sofort sinken!", versuchte Torsten die Neugier seiner Söhne zu wecken. Die Frage interessierte sie aber nicht. Auch dass ihr Vater sechsmal so viel verdiente wie ihre Mutter, spielte für die Jungen keine Rolle. "Das wird sich bald ändern!", vermutete Maike Rupach. Sie sprach per Interphone ein Treffen in Buxtehude ab. Jubelnd sagten die Jungen zu.

Sie sahen schon das Ortsschild von Königreich, als der Dienstmonitor des Poltra 233 eine Anweisung der Direktion durchgab.

===================================

Landespolizei Niedersachsen
Polizeidirektion Bremervörde

für *Team3: MiKi*     ***Anweisung - !SOFORT!***


*Sicherung eines möglichen Tatorts in Nottensdorf*


Nottensdorf, Elbeweg 19: **Brand** eines freistehenden
bäuerlichen **Betriebsgebäudes**: vermutlich Brandstiftung


Bitte den möglichen Tatort sichern.
KT trifft in einer halben Stunde ein.

--- ---

==========================================


Aus des Ruine des Gebäudes in Nottensdorf stieg dichter
Qualm. Flammen sah das *Team3: MiKi* nicht, nur
rußgeschwärzte Reste. „So viel Qualm? Hatte das Haus ein
Reetdach?"

„Auf simple Wirtschaftsgebäude werden keine Reetdächer
gesetzt. Vermutlich waren große Teile der Konstruktion
aus Holz gestrickt. Vielleicht befand sich auch dankbares
Brennmaterial im Gebäude."

„Hoffentlich waren da keine Tiere drin."
„Oder Menschen."
„Dazu liegt das Gebäude zu weit weg von allem."

„Genau das macht seinen Reiz aus. Suchtest du in deiner Jugend nie die Einsamkeit gesucht oder die Zweisamkeit?"

„Ich suche in der E-Datei mal Fällen von Brandstiftung. Hallo, welch Zufall! Auf die Woche genau vor einem Jahr brannte ein leerer Pferdestall in Agathenburg."

„Ach, ja! Das war dieser Brand, wo sich ein Liebespärchen gerade noch halbnackt vor den Flammen retten konnte."
„Die waren nicht halbnackt, Maike. Die waren komplett nackt. Du weißt es nicht und unsere Protokolle auch nicht. Alida und ich halfen ihnen mit ausgemusterten Schutzanzügen aus."
„Auf diese Weise drücktet ihr euch um das Schreiben von Protokollen und die Ergänzung polizeilicher Bestandsformulare."

„Was nicht verhinderte, dass bis zum Mittag des ganze Alte Land vom nächtlichen Abenteuer der beiden wusste. Schließlich geschah alles vor den Augen von 20 Feuerwehrkräften."

„Wir haben jetzt 10.10 Uhr. Der Brand in Agathenburg war vermutlich früher."
„Soweit im mich erinnere, viel früher. Was meldet die E-Datei?"
„Brand Pferdestall Agathenburg. Ausbruch ca. 5.00 Uhr. Als Brandbeschleuniger wurde verwendet, ein halber Kanister."

„Ich hätte nichts dagegen, wenn wir wegen Nichts gerufen worden wären. *Keine* Menschen, *keine* Tiere, *keine* Brandstiftung."
„Ein Nichts brächte uns gar nichts. Da ein Einsatzbefehl vorlag, muss ein Protokoll verfasst werden."

Vor der rauchenden Ruine sammelte die Feuerwehr ihre Gerätschaften bereits wieder ein. Bis zum Abend würde eine Brandwache zurückbleiben. Als das *Team3: MiKi* seinen PolTra verließ, meinte es, in einen glühenden Backofen zu steigen.

Georgieta und Maike bewunderten die Leistung der Feuerwehrkräfte. Bei feuerheißen Temperaturen hatten sie mit schwersten Geräten gearbeitet. Und das in der Nähe der Brandherde. Wie heiß wurde es eigentlich in direkter Nähe des Feuers? Was spüren die Feuerwehrkräfte unter ihren Schutzanzügen bei erbarmungslosen Temperaturen von 100°C oder 200° C? „Als Feuerwehrfrau wäre ich bei der Hitze heute Morgen schon beim ersten Anblick der Flammen umgefallen", dachte Maike anerkennend.

Vom ganzen Gebäude standen nur noch die zwei Meter hohen Reste der Rückwand. Die Höhe des Trümmerberges verriet: im Wirtschaftsgebäude hatte man etliches Material verstaut. Oberbrandmeister Piet Bohn unterhielt sich mit dem Obstbauern Volker Oelke. Dem gehörte das Gebäude.

„Da waren drei Wohnmobile untergebracht, eines gehörte uns, und drei Campingwagen. Meine Frau informierte sofort die Versicherung."

Die vier begrüßten sich, und Oberbrandmeister Bohn erklärte, warum Brandstiftung zu vermuten war: „Das Gebäude war vorschriftsmäßig mit sechs Brandmeldern ausgestattet. Um 8.32 Uhr meldete Gerät 6, hinten links montiert, Rauch. Wir setzten uns in Buxtehude in Bewegung. Um 8.35 Uhr meldete Herr Oelke, dass der Schuppen total in Flammen stand. Doch die Melder 1 bis 5 blieben stumm."

Volker Oelke meinte aufgeregt: „Vielleicht hat die jemand abgeschaltet. Wir sehen das Gebäude von unserem Wohnhaus aus. Es steht zwar anderthalb Kilometer

entfernt, aber alle Zimmer der Ostseite zeigen in seine Richtung. Bis zum Auflodern der Flammen sah alles normal aus. Dann brannte es mit einem Schlag, lichterloh! Wir sahen, wie drei, vier Strichflammen in den Himmel schossen. Da muss jemand gezündelt haben.
Obwohl kein Mensch zum Wirtschaftsgebäude ging oder fuhr oder von dort kam. Meine Frau und ich sahen niemanden, keiner unserer drei Hunde schlug an, und der einzige Weg hierhin führt über unseren Hof. Sie mussten ihn ja auch benutzen und davor die Feuerwehr."

„Wir müssen abwarten, was die Kriminaltechnik ermittelt, Herr Oelke", sagte Georgieta. „Die werden genau herausfinden, warum es brannte. Unsere Techniker*Innen arbeiten auch fix. Bis morgen dürften die wichtigsten Fakten ermittelt sein. Da Sie sowieso alle Vertragsunterlagen zum Gebäude und zu den eingestellten Fahrzeugen heraussuchen... Können Sie uns bitte Kopien zur Verfügung stellen?"

„Das regelt unsere Tochter", sagte der Bauer, „aber Sie können mir glauben, wir haben es nicht nötig, uns warm zu sanieren. Fast ein Viertel des Gebietes der neuen Wassergewinnungs-Anlage gehört uns. Wir haben es in Erbpacht verkauft. Für 99 Jahre."
„Grenzt ihr Gebiet an Ländereien von Jensens aus Bliedersdorf?", fragte Maike.
Volker Oelke nickte: „Die schließen sich im Westen an."


„Wir inspizieren jetzt das Gelände um das abgebrannte Gebäude", sagte Georgieta. Vor ihrer Runde tranken sie je zwei Becher warmen Tee. Dann marschierten sie langsam im Abstand von zehn Metern um die Ruine. Sie dokumentierten alles mit ihren Schulterkameras.
Die direkte Nähe des Gebäudes mieden sie, denn dort hatte die Feuerwehr bei ihren Löscharbeiten alle Spuren überdeckt. Hinweise zu möglichen Täter*Innen ließen sich

eher im Bereich des mittleren Abstands finden.

Die Überprüfung des Geländes forderte dem *Team3: MiKi* alles ab. Die Hitze griff sie aus zwei Quellen an: Vom wolkenlosen Himmel brannte die Sonne und aus den glühenden Trümmern strahlten Glut und Asche betäubend auf sie ein. Die Luft flimmerte und der Horizont löste sich in kleinen Wellen auf. Der einzige Vorteil war, dass auf dem staubtrockenen Boden Fußspuren oder Reifenab-drücke sofort erkennbar waren. Auf der Vorder- und der rechten Seite entdeckten Maike und Georgieta keine einzige Spur. Die Bilder ihrer Kameras gingen direkt zur Direktion in Bremervörde.

Auf der Rückseite war die Wand bis zu einer Höhe von zwei Metern stehengeblieben, und der obere Teil war nach innen eingestürzt. Das *Team3: MiKi* stellte verblüfft fest: „Hier führt eine Treppe nach unten!" Mit ihrem Dienst-phone bat Georgieta Herrn Oelke, zu ihnen zu kommen.

„Ja, hier wurde das Gebäude unterkellert. Mit einem kleinen Raum, vier mal sechs Meter groß. Im Erdgeschoss misst die Grundfläche neun mal vierzehn Meter. Der Kellerraum könnte noch heil sein. Das Wirtschaftsgebäude hatte eine solide Betondecke; wegen der Wagen, die da untergestellt wurden."

„Haben Sie einen Schlüssel?"

„Der Schlüssel liegt unten auf einem Absatz. Wenn ihn die Hitze nicht verformte."

Bevor sie sich direkt an das Gebäude begaben, steckten alle drei ihre Köpfe und Arme in Wassereimer, die ihnen die Feuerwehr zur Verfügung stellte. Fünf Minuten lang tauchten sie Köpfe und Arme immer wieder in das 27° C kalte Wasser ein. Oberbrandmeister Bohn stellte ihnen außerdem Hitzeschutzkleidung und Helme zur Verfügung.

„So ertragen Sie die Hitze eine Viertelstunde lang. Brandmeister Sevecke achtet auf Sie. Wenn er Sie rauswinkt, ist das ein Befehl!"

Auf dem Weg nach unten mussten sie eine Reihe ver-
kohlter Bretter beiseite räumen. Der Türschlüssel lag
unversehrt an seinem Platz. Das Schloss quietschte nicht
einmal, und Bauer Oelke konnte die Tür nach innen öffnen
als sei nichts gewesen. Mit ihren Diensttaschenlampen
leuchteten Georgieta und Maike den niedrigen Raum aus.
Bis zur Decke stapelten sich Körbe, Kisten, Eimer, Netze,
Stangen. Die oben lagernden Teile sahen angeschmort
aus. „Wie Räucherschinken", stellte Maike fest.

„Wir lagern hier Material für die Obsternte", erklärte Herr
Oelke.

In diesem Moment ging die Welt unter. Boden, Decke und
Wände schwankten, wummernde Geräusche setzten die
Ohren außer Gefecht, alle  und eine dichte Staubwolke
verschlang das Licht der Taschenlampen. Im Nu hüllte der
Staub sie ein: Er bedeckte Haare, Hände, Gesichter, drang
in die Ohren, die Nase, den Mund. Atmen, in dieser
Situation, hier unten im Keller? Besser nicht! Die drei im
Keller und Brandmeister Sevecke draußen

Instinktiv griffen die drei Blinden nacheinander, zogen sich
in Richtung Tür, fielen und stolperten die Treppe hinauf.
Zwei Engel packten sie schließlich, zogen sie fort von der
Ruine, gossen Ihnen Wasser über die Köpfe.

Oben hatte der Bruch eines mächtigen Dachbalkens die
Katastrophe verursacht. Seine beiden Hälften stürzten mit
ungeheurer Wucht auf den glühenden Trümmerberg. Es
krachte fürchterlich; Funken und Staub breiteten sich
explosionsartig aus. Die dort versammelten Einsatzkräfte
husteten und

versuchten verzweifelt, ihre brennenden Augen vom feinen Staub zu befreien.Oberbrandmeister Bohn bewies seine Fähigkeiten. Selbst noch halbblind, erteilte er mit ruhiger Stimme Anweisungen. Die noch geschockten Feuerwehrfrauen und -männer konzentrierten sich auf tausendmal eingeübte Handlungen. Innerhalb von Minuten fanden sie von innerem Chaos zu beruflicher Routine zurück. Wer konnte denn in dieser Situation überhaupt nur helfen und retten? Nur sie selbst.

Der Oberbrandmeister dachte auch an andere, so die vier Menschen auf der Rückseite des Hauses. Steckten die vielleicht sogar noch immer im Keller?

Die beiden Helfer*Innen, die er schickte, trugen „Taucher-helme." Sie leisteten Georgieta, Maike, Volker Oelke und Brandmeister Sevecke rasch die notwendige Hilfe.

Nach einer Viertelstunde forderte die Zivilisation die Fortsetzung der Ermittlungsarbeiten im Keller des abgebrannten Gebäudes. Das *Team3: MiKi* startete die zweite Keller-Expedition. „Der Betonboden hielt der Belastung stand. Dann sollten wir den Kellerraum auch betreten können", meinte Georgieta, Maike fragend ansehend. Die leuchtete die Kellerdecke ab, sah aber nicht den kleinsten Riss.

Sie nickte Georgieta zu, die auf dieses Zeichen den Keller betrat. „Der Staub hier bildet einen wunderschönen Teppich. Meine Stiefel sinken sanft ein und es ist beruhigend still. Wenn wir zu Hause aufs Fegen verzichteten, müsste sich auch in unseren Wohnungen so ein Zauberteppich bilden. Wir sollten Besen und Staubsauger abschaffen", schlug Georgieta lachend vor.

Nachdem sie eine Runde durch den Raum gegangen war, kehrte sie zurück: „Am besten schließen Sie den Keller wieder ab, Herr Oelke. Den Schlüssel nehmen wir mit, falls die Kriminaltechnik hier noch etwas untersuchen muss. Aber auf den ersten Blick hat der Keller nichts mit dem Brand zu tun. Der zählt nicht zu den Tätern, sondern zu den Opfern."

Stirnrunzelnd blickte Maike an Georgieta vorbei in den Raum hinein und leuchtete in die hintere rechte Ecke: „Das ist aber komisch, Georgieta. Da hinten sehe ich ein dunkles Viereck. So, als wäre da eine Tür!"

Georgieta drehte sich um, sah den Fleck und ging dorthin. „Du hast recht, Maike. Hier bildet die Ziegelmauer ein dunkles Viereck." Sie strich mit dem rechten Zeigefinger über mehrere Stellen, an denen der türgroße Fleck endete. „Aber längs der Farbgrenzen ist nicht die kleinste Fuge erkennbar. Hier gibt es keine Tür."

Volker Oelke sagte: Da war auch nie eine Tür. Wir kauften vor zwei Jahren dieses Gebäude und das umliegende Land von Jensens. Wolter Jensen erläuterte mir hier alles anhand der vorhandenen Bauzeichnungen. Dieser Keller hat keinen einzigen Nebenraum."

Maike fragte aufgeregt: „Dieses Wirtschaftsgebäude gehörte früher den Jensens?"
Volker Oelke erklärte: „Vor drei Jahren schlugen wir Jensens einen Grundstückstausch vor. Ihrer Familie gehörten seit hundert Jahren zehn Hektar Land um dieses alte Gebäude herum. Uns Oelkes gehörte dagegen ein Grundstück nördlich von Bliedersdorf. Jensens stimmten nach kurzer Überlegung unserem Vorschlag von privater Flurbereinigung dieser Art zu. Denn dieser Tausch erspart den Erntehelfern beider Familien lange Wege zu kleinen Parzellen."

Georgieta stand immer noch hinten im Raum: „War der Fleck denn schon da, als sie das Gebäude übernahmen?"

„Also, an den Fleck kann ich mich nicht erinnern. Den sehe ich heute zum ersten Mal."
„Wenn er durch den Brand entstand, muss das einen Grund haben." Georgieta ging die rechte Wand entlang und klopfte sie in Schulterhöhe ab. An der dunklen Fläche waren die Geräusche deutlich heller. „Ein Hohlraum!" Die drei sahen sich mit weit aufgerissenen Augen an.

Georgieta klopfte den Fleck mittig von oben nach unten ab: „Ekke Nekkepenn. Die Mauer scheint oben morsch zu sein!" Sie schlug kräftig mit der Faust gegen die Wand. Die gab nach innen nach. Drei Ziegelsteine ließen sich problemlos nach innen drücken.

Maike und Herr Oelke kamen zu ihr. Georgieta ruckelte dort, wo sich durch die eingedrückten Steine eine Lücke gebildet hatte, an einem Randstein. Der ließ sich lösen, und sie zog ihn zu sich heraus. Georgieta nahm modrigen Geruch und Feuchtigkeit wahr. Welchen Geist hatte sie aus der Flasche befreit?

Die drei lösten weitere Steine aus der Mauer. Brandmeister Sevecke monierte, die Zeitgrenze sei gleich erreicht. „Wir werden sie überschreiten", sagte Maike kurz und bestimmt. „Diese wichtige Untersuchung können wir nicht unterbrechen."

Angewidert und fasziniert zugleich starrten die drei auf jene dunkelbraune, glibberige Flüssigkeit, die langsam die Wand hinunterkroch. Das dunkle Geflecht hinter der Mauer roch oben stark angekokelt und unten modrig. „Das könnte Strohgeflecht sein, oder ist das Lehmpampe?" Maike sah zu Herrn Oelke.

„Das stammt aus einem Moor", antwortete der. „Damit kenne ich mich aus. Uns gehört ein kleines Moorgebiet, das unter Naturschutz steht."

Erstaunt strich Volker Oelke mit dem Finger durch die Flüssigkeit und roch an ihr: „Das ist Torf mit einem hohen Konzentrat an saurer Moorflüssigkeit."

Sie entfernten zwei weitere Steinreihen. Ganz oben hatte die Gluthitze des oberirdischen Brandes eine saure Dunstglocke entstehen lassen. Darunter befand sich eine Torfmasse in einem stark sauren Milieu. „Hier wollte wohl ein Angler seine Beute konservieren", lachte Bauer Oelke.

Maike suchte ein Brett und benutzte es als Schaufel. Vorsichtig trug sie das Moor oben ab. Es wirkte wie eine Mischung aus angebranntem Heu und kleinen Erdklumpen.„Sollen wir das Ausgraben nicht lieber der Kriminaltechnik überlassen?"

„Lass uns erst sehen, ob dieser Aufwand gerechtfertigt wäre." Nachdem Maike die trockenen Teile heruntergezogen hatte, kam der feuchte Kleister langsam in Bewegung. Sie hatte das Gefühl einen Dirigentenstab zu bewegen, der einer ordentlichen Portion Pudding den Befehl gab, sich leise nach unten zu bewegen.

Dann kam das Grauen. Nach dem fünften Einstich sahen sie plötzlich Haare, eine Stirn und Augenbrauen. Volker Oelke schrie auf: „Eine Moorleiche!"

„Kann *er* es sein?", fragte Georgieta.

Er *wird* es sein", murmelte Maike, „*Genau das* wird die Kriminaltechnik feststellen!"

„Worum geht es?", fragte Obstbauer Oelke.
Maike stellte das Brett ab und ging zur Tür: „Herr Oelke, vermutlich wurde hier vor kurzem eine Leiche eingemauert, die in der Moorerde konserviert werden sollte."

„Kommen Sie bitte mit, wir müssen den Raum unseren Archäologen überlassen", meinte Georgieta zu ihm.

„Haben die Moorleiche und die Brandstiftung etwas miteinander zu tun?", fragte Volker Oelke.

„Das wissen wir erst nach genauen Analysen."

Oberbrandmeister Bohn erteilte den dreien eine fette Rüge. Gegen Brandmeister Seveckes Anweisung hatten sie leichtsinnig ihre Leben aufs Spiel gesetzt. Sein Zorn legte sich, als er von der Moorleiche hinter der Mauer hörte. Das fand er so spannend, er wollte sie sich sofort ansehen!

Maike war es wirklich peinlich, ihm das untersagen zu müssen: „Sie müssen zwei Meter Abstand von der Mauer einhalten. Dort darf auf keinen Fall irgendetwas berührt werden. Der Keller gilt jetzt als Tatort!"

Das *Team3: MiKi* holte die ins Dienstgebäude Mittelnkirchen gelieferten vier Kühlhelme ab, passte deren Innensysteme seinen Köpfen an und sorgte für die Schnellladung der Akkus.

Die Fortsetzung der anschließenden Patrouillenfahrt durch Königreich und die Nachbarflecken musste sehr kurz ausfallen. Fairerweise hatte die *Freie und Hansestadt Hamburg* weder in Königreich noch in Estebrügge und Gut Vogelsang Grenzsteine verrückt. Schon als sie Königreich verließen, erfuhren sie ein wichtiges Zwischenergebnis, mit grünem Band.

===

Landespolizei Niedersachsen

Bezirksdirektion Bremervörde --- Information, Stufe 2

12.16h


Wahrscheinliche **Ursache Brand** Wirtschaftsgebäude

Nottensdorf    **Kurzschluss Akkus** in Wohnmobil


Im Fall des Brandes des Wirtschaftsgebäudes in Nottensdorf, Elbeweg 19, ergaben Untersuchungen der Kriminaltechnik als wahrscheinliche Brandursache einen Kurzschluss im Akkusystem des Wohnmobils ST BA 683.

Das endgültige Ergebnis der Untersuchung liegt morgen Vormittag vor. Eine zweite Analyse erfolgt durch Spezialist*innen der Feuerwehr Cuxhaven.


Das Wohnmobil ST BA 683 wurde vom Eigentümer Nils Hogmer, Stade, Am alten Markt 9, am Abend zuvor genau unter dem Feuermelder sechs abgestellt.

Geschätzter Gesamtschaden des Brandes: 1,1 Mill. Euro.

--- ---

===================================================

„Hoffentlich zahlt seine Versicherung", sorgte sich Georgieta, „Es gibt genügend Konzerne, die einen auf der ersten Seite versichern und auf der zweiten Seite verunsichern."

An der Südostgenze ihres Dienstbezirks wurden Feuer und Wasser zu Themen bei ermahnenden Gesprächen mit ein paar Bauern. Bei diesen ersten kurzen Einsätzen bewährten sich die Kühlhelme. Wirkliche Belastungstests für die neuartigen Helme würden sicher bald folgen.

Die Ermahnungen mussten protokolliert werden. Bei Temperaturen von 41° C durfte niemand zusätzliche Brandquellen schaffen. In Königreich jedoch deponierten zwei Bauern sorglos ihren Hausmüll in der Sonnenglut. Ebenso wenig durfte Wasser verschwendet werden. Bei Gut Vogelsang schlossen zwei Wasserklappen nicht richtig. Eine Weide hatte sich in ein Reisfeld verwandelt.

Um 13 Uhr traf sich *Team3: MiKi* in Buxtehude mit „seinen Nachfolgern" Jörgen und Hanno beim „*Griechen*". Ab 14 Uhr fuhren sie Streife durch Buxtehude, mit kybernetischer Steuerung. Bei 41° C draußen war die Innentemperatur von 29° C im Poltra 223 absolut angenehm. Das *Team3: MiKi* teilte sich die Aufgaben. Maike genoss die Kybernetische Stadtführung. Dabei verließ sie nur einmal mit dem Kühlhelm auf dem Kopf den Poltra 223. Und diskutierte mit einer athletischen Sportlerin darüber, ob Körper während der Mittagshitze durch Joggen abgehärtet werden müssen. Inzwischen inspizierten Georgieta und die Jungen den Tresor mit den Waffen. Hanno und Jörgen waren überrascht darüber, dass sich nicht nur Betäubungsmunition im Tresor befand.

Drei Gewehre und entsprechende Patronen gehörten ebenfalls zu dessen Inhalt. Die neuen Kühlhelme dagegen entgingen Jörgens und Hannos Aufmerksamkeit.

„Mam, wurdest du auch dazu ausgebildet, mit diesen Gewehren zu schießen?", fragte Jörgen verblüfft.

„Aber sicher! Und wenn du nicht versetzt wird, sehe ich mich gezwungen, eines benutzen zu müssen."

„Keine Sorge, auch ich bin schon so gut wie versetzt", antwortete Jörgen.

„Wirklich?", fragte Maike streng.

„Das stimmt", mischte sich Hanno ein, „Rika und er gehen schon seit zwei Wochen getrennte Wege."

„Warum eigentlich?", fragte Georgieta vom Monitor aus, „die beiden verstanden sich doch blendend."

„Rika wollte keine Sex-Influenzerin werden", plauderte Hanno aus.

Jörgen stieß ihn an: "Sonnenstich und Hitzeblitz!" Hannos Gesicht verwandelte sich in eine Tomate.

"Sex-Influenzerin? Was soll das denn sein?", fragte Maike.

"Na", erzählte Jörgen, "Hanno und ich haben überlegt, dass das Leben als Influenzer ganz toll ist. Du musst dich nur vor eine Kamera stellen, coole Sprüche ablassen, schicke Kleidung präsentieren, den frischesten Sport- und Spiel-Schnickschnack ausprobieren. Und jede Woche tausend Euro kassieren! Mindestens!"

Georgieta sah traurig zu Maike: "Wir müssen uns neue Nachfolger suchen. Erkennst du, wie in den Augen der beiden die Euro-Zeichen blinken?"

Maike nickte ihr verzweifelt zu und fragte gleichzeitig Jörgen: "Was bitte sind Sex-Influenzer?"

"Na ja", murmelte Jörgen, "um viele Follower zu gewinnen, braucht man eine Masche."

"Und ihr wolltet also mit Strip-Poker im Internet punkten?"

Hannos Gesicht leuchtete auf: "Ekke Nekkepenn! Mam, das ist *die* Idee. Danke!" Er spielte ganz gekonnt eine Ansage: "Hallo, Mädchen, wenn ihr innerhalb von 45 Sekunden hundert Euro auf unser Konto einzahlt, legen wir für eine Minute unsere T-Shirts ab. Oben seht ihr die Kontonummer eingeblendet. Die Zeit läuft ab JETZT!"

Jörgen boxte Hanno kräftig: "Du Waldschrat! Was redest du für einen Stuss!" Der sah seinen Bruder erst erstaunt, dann sichtlich betroffen an.

Georgieta wollte sich nach der Bedeutung dieses Geplänkels erkundigen, aber da leuchtete der Haupt-Monitor auf, mit blauem Grund.

========================================

Landespolizei Niedersachsen
Bezirksdirektion Bremervörde ---

Kommissar Lennart Gantswig – -**Anweisung** -– 14.42h
Bezirks-Revier Mittelnkirchen     *Team3: MiKi*


PolTra 223 sofort nach *Bliedersdorf,* Hamburger

                              Chaussee 28

**Notruf Frau Drewsen**

--- ---

========================================

"Frau Drewsen, das ist doch Sara Jensens Haushälterin."

Sie brachen die Patrouille ab, fuhren die Jungen aber wegen der Hitze bis zur Helmut-Schmidt-Straße 21, wo sie wohnten. Als Sensation durften Maikes Söhne die Kühlhelme vom PolTra bis zur Haustüre aufsetzen. Begeistert versprachen beide ihrer Mutter, nun doch wieder Polizisten werden zu wollen.

Inzwischen erfuhr Georgieta, worum es in Bliedersdorf ging: *Chef* war entführt worden.

Nachdem die Zwillinge im Haus verschwunden waren, raste der PolTra 223 in Einsatzgeschwindigkeit zu Sara Jensens Haus. Erste Ergebnisse zur Moorleiche trafen ein, mit grünem Band.

============================================

Landespolizei Niedersachsen

Bezirksdirektion Bremervörde    --- Pathologie ---

Information, Stufe 2        14.54h

*Ergebnisse Obduktion Leiche in Issendorf, Stadeweg 19, Wirtschaftsgebäude*

Die Leitung des KT-Teams lag bei Dr. Katja Wredt, Chefpathologin

Vom Lebensalter, der Größe und dem Gewicht des Toten her gibt es Übereinstimmungen mit Wolter Jensen.

Jedoch lag die Moorleiche schon seit 100 Jahren in ihrer „Torfpackung". Der Mann war bereits tot, als er in dem winzigen Raum eingemauert wurde. Das Versteck, in dem der Tote „stand", hatte die Größe einer Besen-kammer.

Die Wände waren aber so abgedichtet, dass die saure Torfflüssigkeit im Laufe der Jahre **nicht** versickern konnte. So gelangte kein Sauerstoff an die Leiche und deren Organe wurden nicht von Bakterien zersetzt.

Die Kleidungsstücke, sowie eine Kennmarke lassen da-rauf schließen, dass es sich um einen englischen Soldaten des Zweiten Weltkriegs handelt; mit hoher Wahrschein-lichkeit um einen Flieger. Eine Anfrage bei der könig-lichen Air Force des britischen Verteidigungsministe-riums läuft bereits.

---

"Das ist einfach unglaubwürdig. Wer bitte soll einen toten englischen Soldaten in eine Packung Torf mit saurem Moorwasser gesteckt und ihn hinter einer Wand begraben haben?", fragte Maike.

"Rechne hundert Jahre zurück! 1944, das war zur Zeit des Zweiten Weltkriegs. Mehrfach bombardierten die Engländer Hamburg. Der Soldat könnte zur Besatzung eines englischen Fliegers gehört haben. Sein Flugzeug wurde möglicherweise abgeschossen, seine Leiche danach gefunden und eingemauert."

"Warum soll sich jemand diese Mühe machen? Die Analyse mit den 100 Jahren hinter der Kellermauer kann auf einem Kommafehler beruhen."

"Wenn ich dich so ansehe, Maike, weiß ich, du hoffst noch immer darauf, dass der Tote Wolter Jensen ist."

Maike schlug mit der Faust auf das Armaturenbrett: "Diese Jensen hat ihren Mann umgebracht, das ist absolut sicher!"

"Wie in aller Welt konnte *Chef* entführt werden?", fragte Maike die erschrocken wirkende Sara Jensen. Das *Team3: MiKi* saß mit ihr in der Diele, auf den so bequemen Stühlen, die es bei seinem ersten Besuch bewundert hatte. Sara Jensen lag auf der rechten Hälfte des Sofas. Mit kalkweißem Gesicht kauerte sie trotz der Wärme unter einer Decke. Frau Drewsen brachte ihr eine große Tasse Tee. Sara Jensen trank sie gierig leer.

Ihrer Stimme war nichts von der deutlich sichtbaren Erregung anzumerken: "Ich habe, - *wir, Frau Drewsen und ich,* haben keine Erklärung. Es ist ein Rätsel. Wolter hat *Chef* als Jagd- und Wachhund dressiert, nicht als Schmusetier. *Chef* wusste, wer in sein Revier gehört und wer nicht. Sie bekamen das vorgestern doch mit. Er schlug bei den Salzburgern Alarm, bei dem präparierten Lieferwagen, bei Ihnen... Vielleicht benutzen die Entführer ein Betäubungsgewehr... Es ist unfassbar. *Chef* ist so aufmerksam. Der reagiert, wenn eine Tagesfliege ins Haus eindringt."

Frau Drewsen holte ein A-4-Blatt und einen zartgrünen Umschlag mit einer Standardbriefmarke und der Adresse *"Jensen, Hamburger Chaussee 28, Bliedersdorf"* vom Sideboard und gab beides Georgieta. Auf dem Blatt stand ein gedruckter Text:

---

120.000 Euro in alten, nicht registrierten Scheinen

für ihren Dalmatiner.

Keine Polizei.


Wir melden uns mit dem Stichwort HUNDERTZWANZIG.

---

"Sollen wir trotz der Warnung tätig werden?" Sara Jensen nickte kurz und bestimmt: "Die Aktionen in Sachen Schrank und Rauschgift... Respekt! Sie verstehen sich auch ganz sicher auf unauffälliges Handeln? Wolter würde mir nie verzeihen, wenn *Chef* getötet würde, weil ich die Polizei um Hilfe bat."

"Frau Jensen, wir verstehen es, im Verborgenen zu bleiben. Der Brief wurde gestern abgestempelt, im Hamburg. - Wann merkten Sie, dass *Chef* verschwunden war?"

"Gar nicht. Um dreizehn Uhr kam die Post, mit diesem Brief ohne Absender. Frau Drewsen kam zu mir, nachdem sie ihn gelesen hatte. Wir begannen sofort *Chef* zu suchen, aber absolut vergeblich. Er war zu jenem Zeitpunkt ja bereits entführt worden."

"Frau Drewsen liest Ihre Post?"

"Das zählt zu ihren Aufgaben."

"Da Frau Drewsen gerade in der Küche ist", frage Georgieta, "ist sie vertrauenswürdig, oder könnte sie mit der Tat in Verbindung stehen?"

Sara Jensen überlegte kurz, sah zu Georgieta, dann zu Maike: "Niemals. Frau Drewsen arbeitet seit vier Jahren für uns und ist glücklich mit einem Flugbautechniker verheiratet. Wir hatten beide schon zu unseren Geburtstagsfeiern für die allgemeine Nachbarschaft eingeladen. Also, Drewsens würden *Chef* höchstens am 1. April entführen."

Das *Team3: MiKi* ließ Sara Jensen das Geld anweisen, Frau Drewsen holte es von der Bank. Nach weiteren Befragungen protokollierte Maike:

========================================

Landespolizei Niedersachsen  Bezirksdirektion Bremervörde -- 15.22h

Bezirks-Revier Mittelnkirchen --- *Team3: MiKi*

**Protokoll**

*Entführung eines Hundes [ Dalmatiner, Name „Chef" ]*

*in Bliedersdorf, Hamburger Chaussee 28*

Der Dalmatiner „Chef" des Ehepaares Sara und Wolter Jensen [ Der Mann ist seit neun Tagen im Adriatischen Meer vor der kroatischen Insel Kornati verschwunden. ] wurde heute Vormittag entführt. [ Bilder und Pass des Hundes: siehe Anlage MiKi#E15.22 ]

Frau Jensen sah *Chef* zum letzten Mal kurz vor acht Uhr im Garten. Gewöhnlich hält er sich den ganzen Tag dort auf. -- Die Hausangestellte, Frau Gerty Drewsen, sah *Chef* gegen 11 Uhr an seinem Trinknapf neben der Buche am Parkplatz. Im Haus bemerkte ihn keine der beiden.

Der Trinknapf ist aktuell leer. Ein eigenartiger Geruch wurde festgestellt, eine Geruchsprobe archiviert.

Mit der täglichen Post kam ein Erpresserbrief, in dem 120.000 Euro Lösegeld für den Hund gefordert werden. [ In nicht registrierten Scheinen ]. Die Erpresser wollen sich mit dem Codewort HUNDERTZWANZIG wieder melden.

Sie verlangten, dass keine Polizei eingeschaltet wird. Dagegen bittet Frau Jensen um unseren Einsatz.

--- ---

"Und wer konnte den betäubten *Chef* vom Hof holen? Hier ist es so ruhig, man hört das Atmen der Fliegen. Das erste Motorengeräusch, dass beide Frauen vormittags hörten, war der Postwagen", fragte Maike.

Das *Team3: MiKi* untersuchte den Fahrweg und seine Ränder auf Spuren. Bei 41° C im Schatten wagte es den ersten wirklichen Test der Kühlhelme. "Unsere Chance ist der trockene Boden. Wenn wir nichts finden, muss die KTU ran!" Eine halbe Stunde später beendeten sie die vergebliche Suche und kamen erhitzt ins Haus zurück.

In diesem Augenblick klingelte das Telefon der Jensens. Sara Jensen ließ es auf Maikes Anweisung fünfmal läuten. "Jensen."

"Hundertzwanzig." Eine deutlich verzerrte Frauenstimme war zu hören. "Stecken Sie das Geld in eine Sporttasche. Fahren Sie damit zum Bockelsberg.. Gehen Sie ganz nach oben. Achten Sie dabei auf *Chefs* Bellen."

"Hören Sie, ich habe das Geld noch nicht... Hallo? Hallo? - Sie hat aufgelegt."

Sara Jensens Gesicht wurde kalkweiß. "Diese Frau ist auf den Verzögerungstrick nicht reingefallen. Was soll ich machen?", fragte sie Georgieta.

"Nehmen Sie das Geld und fahren Sie los. Unsere Zentrale in Bremervörde hörte mit und schickte schon Kolleg*Innen zum Bockelsberg. Lassen Sie sich Zeit. Sie flattern ja jetzt vor Nervosität. Zeigen sie das ganz offen. Es geht um Ihren geliebten Hund. Sehen Sie sich aufgeregt in alle Richtungen um, trinken Sie immer wieder aus der Flasche."

Fünf Minuten später verließ Sara Jensen das Haus. Sie hatte die 120.000 Euro in einer orangefarbenen Sporttasche verstaut. Das *Team3: MiKi* konnte ihr leider keinen Kühlhelm zur Verfügung stellen. "Sonst wissen die Erpresser sofort, dass wir an Bord sind."

Die Hitze betrug konstant 41° C. Sara Jensen bekam den Eindruck, dass der Boden, die Luft, die Hauswand, die Außentreppe, einfach alles, seine Hitze in ihre Richtung schleuderte. Selbst ihr Terzett, obwohl er im Schatten stand, strahlte die Wärme wie ein Heizstrahler ab. Am Türgriff schien sie sich die Finger zu verbrennen. Aus dem Inneren strömte etwas kühlere Luft. Sara Jensen hatte gleich nach dem Anruf per Fernsteuerung die Klimaanlage auf 33° Celsius eingestellt. Schnell setzte sie sich in den Wagen und riss die Tür zu. Nur so würde die unerträgliche Hitze draußen bleiben.

Nach zehn Minuten hatte sie sie den Bockelsberg erreicht. Vom kleinen Parkplatz neben der Bushaltestelle bis nach oben waren es 150 Meter. Robinien bildeten eine dichte Allee.

Wegen der heftigen Temperatur von 41° C hatte Sara Jensen den Eindruck, sie gehe durch Watte und nicht durch Luft. Mühsam quälte sie sich nach oben.

Immer wieder sah sie sich um und griff zur Trinkflasche, die sie in der Reisetasche deponiert hatte. Wo steckten die Polizist*innen? Sie sah keinen Menschen. „Ekke Nekkepenn! Wie sollen normale Menschen auch diese brutale Hitze ertragen?", dachte sie.

Plötzlich, das war eindeutig *Chef*! Direkt rechts neben ihr erklang tiefes Bellen ihres Dalmatiners.

*"Chef!"*, rief sie glücklich. *Chef* blaffte lauter, aber wo steckte er nur? Sie ging nach rechts und wieder bellte *Chef.* Steckte er in einem Keller? Denn der Dalmatiner bellte *unter ihren Füßen!* Hatte man ihn in einer Kiste eingegraben?

Wieder hörte sie *Chefs* kräftiges und gleichzeitig besonnenes Gebell. Ihre Nackenhaare sträubten sich. „Stehe ich auf seinem Gefängnis?", fragte Sara Jensen sich. Sie schob das hohe Gras vorsichtig zur Seite. Da sah sie ein grünes Interphone auf dem Boden liegen und hob es auf.

*Chefs* Bellen war als Klingelgeräusch eingestellt. Quer über dem Interphon klebte ein Zettel mit einer Nummer. Sara Jensen vertippte sich viermal, ehe die Verbindung zustande kam: "Hier Sara Jensen. Hundertzwanzig, das ist nicht *Chefs* Bellen. Von mir bekommen Sie keinen Cent."

Wieder war die verzerrte Frauenstimme zu hören: "Sprechen Sie kein einziges Wort mehr. Gleich erscheint auf dem Display eine schriftliche Nachricht. Halten Sie sich an alle Anweisungen."

Die Nachricht lautete: "Ab sofort sind Kamera und Mikro des Interphones die Lebensversicherung Ihres Hundes. Legen Sie das eingeschaltete Gerät auf den Beifahrersitz. Sobald Sie Informationen weitergeben, ist *Chef* tot. Fahren Sie sofort in Richtung Ruschwedel.

Bald wird auf der rechten Seite ein blaues Blinklicht aufleuchten. Dort stoppen sie, stellen in Tasche zwei Meter vom Straßenrand ab und fahren sofort weiter bis nach Ruschwedel. Kamera und Mikro lassen Sie die ganze Zeit an. Sonst stirbt Ihr Hund."

Sara Jensen biss sich auf die Lippen. Wie konnte sie die Polizistinnen informieren?

Sie ging langsam zum Auto, trank immer wieder etwas, aber sie war der einzige Mensch in dieser heißen Welt. Ein kleiner Minibus fuhr am Parkplatz vorbei. Er war leer. Zumindest sah Sara Jensen niemanden. Da kein Mensch aus- oder einsteigen wollte, fuhr der Bus ohne zu stoppen in Richtung Bliedersdorf weiter. Sara Jensen musste in die entgegengesetzte Richtung fahren.

Sie sah schon die Kreuzung, an der sie scharf nach links abbiegen musste, da blinkte kurz vor ihr im Sekundentakt ein blaues Licht auf. Sie versuchte, das fetzende Nachdenken im Gehirn auszuschalten, stoppte den Terzett, stellte die Sporttasche mit den 120.000 Euro direkt vor einem Brombeerstrauch ab und bog völlig enerviert an der nächsten Kreuzung falsch ab.

Nach fünf Minuten erreichte Sara Jensen endlich Ruschwedel. Hektisch schaltete sie das Interphone der Entführer aus, verließ den Terzett und tippte auf die Notnummer 3 ihres Interphones.

Noch bevor ein erster Ton zu hören war, baute sich wie aus dem Nichts eine Gestalt neben ihr auf. "Nicht nur das Böse ist immer und überall, Frau Jensen. Meist sind wir es auch", nickte Georgieta ihr zu.

"Wo waren sie?", fragte Sara Jensen mit leisem Vorwurf. „Können uns die Täter hier nicht beobachten?"

„Nein. Der Ort ist sauber", antwortete Georgieta und drehte ihren Dienst-Laptop herum. Ein unscharfes Bild präsentierte Sara Jensens orangene Sporttasche vor dem Brombeerstrauch. "Wir sind im Bild, halten uns selber aber in einiger Entfernung verborgen. Die Unschärfe verdanken wir der Lufttemperatur von 41° Celsius, denn die Kamera filmt die Tasche aus einem Kilometer Entfernung."

Der PolTra 223 fuhr vor. Sie stiegen ein, Maike hatte zur Erfrischung Tee und Gebäck vorbereitet. Während der große Monitor ununterbrochen die Situation von Tasche und Lösegeld wiedergab, präsentierte der Zusatzmonitor Aufnahmen vom Bockelsberg und der Straße nach

Ruschwedel. "Die Zeit war zu kurz, eigene Kameras zu positionieren", erläuterte Maike. "Wir konnten aber auf den Minibus und auf Kameras der Kreisjagdaufsicht zurückgreifen. Die Jäger haben fast das ganze Alte Land bestückt, um die Wildschweinrotten unter Kontrolle halten zu können."

"Und wenn die Täter doch merken, dass Sie im Spiel sind? Ich denke auch über Folgendes nach: „Was ist, wenn ein Motorradfahrer kommt, um die Tasche zu schnappen? Der könnte doch mitten durch die Plantagen fahren und so entkommen", fragte Sara Jensen.

Georgieta informierte sie sachlich: " Erstens erfüllten Sie für die Entführer deren Auflage und ließen uns aus dem Spiel. Zweitens haben wir über die Kameras der Jagdaufsicht jede Straße, jeden Feldweg, sogar alle Saumpfade im Blick. Deshalb können wir sogar den Fluchtweg eines Motorradfahrers verfolgen.

Im Prinzip sind die Täter schon gefasst. Plan A ist, die Entführer beim Abholen der Tasche zu verhaften und zu erfahren, wo *Chef* versteckt wird. Plan B wäre, mit Hilfe des Kamerasystems den Entführern zu folgen, bis wir sie verhaften können."

"Unsere Analysten vermuten, dass die Täter zu Ihrer Nachbarschaft gehören. Nur deshalb wussten sie, wie sie *Chef* entführen konnten", erklärte Maike.

"Zum Ablauf der Entführung entwickelten unsere Analysten folgendes Szenario: Zuerst wurde er durch das Mittel in seinem Trinkwasser in einen Rauschzustand versetzt. So als hätte er zwei Promille Alkohol im Blut. Dann muss ein geräuschloses Kleinfahrzeug vorgefahren sein, wahrscheinlich mit Elektromotor. Aus dem Wagen hörte *Chef* Ihre Stimme, die aus einem Lautsprecher erklang. *Chef* taumelte zum Wagen und musste nur noch hereingezogen werden."

„Woher hatten die meine Stimme?"

Die Entführer werden sie aufgenommen haben, irgendwie und irgendwann. Vielleicht bei einem Telefongespräch? Die haben ja auch irgendwo *Chefs* Bellen aufgenommen, um es auf dem Bockelsberg als Klingelton des Interphons zu verwenden.

"Ein simples und effektives Vorgehen."

"Diese Tierquäler! Die gehören hinter Gitter."

"Dafür werden wir noch heute sorgen."


Das *Team3: MiKi* bat Sara Jensen, jetzt nach Hause zu fahren. Die Täter oder der Täter würden sonst merken, dass die Polizei doch eingeschaltet worden sei. "Es besteht auch die Möglichkeit, dass die Entführer *Chef* schon längst wieder frei gelassen haben und er zu Ihrem Anwesen zurückgekehrt ist", erklärte Maike Rupach. Sie fragte weiter: "Soll jemand Sie zivil begleiten?"

"Bis nach Hause habe ich es nicht weit", wehrte Sara Jensen ab.

"Wir halten Sie über alle Erkenntnisse auf dem Laufenden. Es kann schnell gehen. Es kann auch sehr, sehr lange dauern", sagte Georgieta noch.

Sie hatten Sara Jensen gegenüber nicht erwähnt, wie gering die Wahrscheinlichkeit war, dass *Chef* noch lebte. Wenn die Entführer den Dalmatiner wieder frei ließen, würde der gedrillte Jagdhund sie bei günstigen Winden aus einem Kilometer Entfernung wahrnehmen und wild anschlagen. Dieses Risiko würden die wenigsten Täter*innen eingehen.

Georgieta und Maike beobachteten über die Jagdkameras die Szene. Regelmäßig befuhren Minibusse die Straße, jeweils um zehn nach in Richtung Harsefeld und genau um halb in Richtung Bliedersdorf.

"Die Hitze und das Warten sind eine giftige Kombination. Jede Minute wächst zur Ewigkeit aus", sagte Maike. Georgieta nickte: "Und Frau Jensen leidet doppelt. In ihrer Haut möchte ich nicht stecken. Für Angehörige von Entführten gliedert sich die Zeit in eine endlose Spanne vor der Gewissheit und das traumatische Leben danach."

"Uns geht es nicht viel besser. Selbst wenn wir professionell handeln." Das sanfte Spiel einer Querflöte unterbrach ihr Gespräch. Maike drückte eine Zahl auf der Tastatur ein. Die Musik verstummte. Über das Bild auf dem Hauptmonitor lief ein Text, mit gelbem Band.

========================================

Landespolizei Niedersachsen

Bezirksdirektion Bremervörde – Kommissar Gantswig

18.26h

**Verborgene Nachricht**  an Bezirks-Revier Mittelnkirchen. Erste Bearbeitung bitte heute.

--- ---

========================================

"Aktuell haben wir ja auch null Probleme", ärgerte sich Georgieta. Sie wollte auf die verborgene Nachricht umschalten, da schrie Maike auf: "Ekke Nekkepenn! Die Entführer werden aktiv!"

Im schwimmenden Dunst bewegten sich gelbe Bälle mit hoher Geschwindigkeit in Richtung Lösegeld. Wie von einer Schnur gezogen schwammen sie auf den flimmernden Wellen der Straße. Die Bälle bewegten sich immer höher, balancierten auf feuerroten Longboards. Auch die wuchsen

nach oben, unter ihnen tauchten im Luftmeer gelbe Gestelle und geistergleiche Kreise auf.
Die Anzeige auf dem Monitor analysierte: 14 Objekte, Straße von Nordnordwest nach Südsüdost [Bliedersdorf-Harsefeld], Geschwindigkeit 65 km/h. Maike wagte eine erste Deutung: "Wahrscheinlich Radfahrer, mit gelben Helmen und feuerfarbenen Sporttrikots."

"Gelb-Rot-Gelb. Die Farben der Werksmannschaft der *Elbe-Weser-Molkerei*. Das Karbonmaterial ihrer Rennmaschinen wiegt weniger als gleich große Papiermodelle. Mit diesen Rädern sprinten die Radprofis Alpenpässe schneller rauf als jeder PolTra. Ein einziges Zweirädchen dieser Mannschaft kostet locker seine 30.000 Euro. Und jeder Fahrer hat zwei davon."

Ohne erkennbaren Grund stoppte der Pulk seine rasante Fahrt in Höhe des Brombeer-Gestrüpps. "Ob Jensens ihre Milchrechnung nicht bezahlt haben?", fragte Maike. Georgieta zeigte angespannt auf den Hauptmonitor. Aus Richtung Bliedersdorf tauchte auf der Straße ein großer Transporter auf. Er verfolgte die Radfahrer, und trotz der wabernden Luft war die Aufschrift *Elbe-Weser-Molkerei MILCH FÜR DEN NORDEN* gut lesbar.
Die Radfahrprofis waren abgestiegen. Sara Jensens Reisetasche verschwand immer wieder aus dem Blickfeld. Zwar blieben einige Fahrer an ihren Rädern stehen, doch fünf diskutierten und gestikulierten um einen auf dem Boden Sitzenden, der seine linke Wade massierte.

"Der muss nette Schmerzen haben", vermutete Maike. Das Flimmern filterte die Mimik fort. Die Köpfe der Sportler ähnelten fernen Planeten. Der Mannschaftstransporter kam und hielt. Er versperrte die Sicht auf die Tasche endgültig. "Wissen die von der Kamera?", fragte Maike besorgt. Der Sportler, der sich die Wade massiert hatte, und sein Fahrrad wurden in den Transporter geladen, dreizehn Räder schossen weiter. Sie jagten aber nicht in Richtung Ruschwinkel, sondern in Richtung Harsefeld. Der Transporter folgte ihnen.

Gleich darauf hätte das *Team3: MiKi* erneut nur noch eine Kette schwimmender Bälle erblickt. Doch Maikes Blick war in Richtung Gestrüpp geschwenkt. Elektrisiert rief sie: "Ekke Nekkepenn! Wo ist die Sporttasche? Ich sehe sie nicht mehr!"

Tatsächlich war keine Tasche zu sehen, nicht einmal ein orangefarbener Fleck. "Die muss nicht weg sein. Die Hitze möchte uns eine Fata Morgana präsentieren", beruhigte Georgieta sich selbst. Sie veränderte den Zoom der Kamera. "Siehst du, Sara Jensens Sporttasche ist noch da. Sie steht genau am gleichen Fleck."

Während der nächsten drei Stunden sahen sie nur die planmäßig verkehrenden Minibusse, drei Rehe, drei Hasen und eine Färse mit ihrem Nachwuchs, sechs Frischlingen. Sara Jensen ärgerte sich, als sie ihr mitteilten, auch Wildschweine gesehen zu haben: "Und ich hoffte, hier hätten wir diese Schädlinge ausgerottet."

Maike erinnerte sich: "Vor zwei Monaten lief unser Routinegespräch mit dem Hauptjagdmeister für das Alte Land. Ein Thema waren die vielen Wildschweine. Der alte Jäger zuckte mit den Schultern und erklärte, wo Menschen seien, werde es immer auch Mäuse, Ratten, Füchse und Wildschweine geben. Deren Anpassung an unsere Zivilisation sei absolut perfekt. - Melden wir die Färse und ihren Nachwuchs der Jagdaufsicht?"

"Die Jagdaufsicht bekommt die Bilder automatisch. Notiere die Schweinerei im Protokoll, dann erhalten unsere Jäger eine protokollarische Randnotiz."

Das Warten zerrte an Nerven und Energie. Träge Blicke auf die Monitore wechselten in Bruchteilen von Sekunden mit Augenblicken höchster Anspannung, wenn eine Bewegung registriert wurde. "Da, oben rechts!", hieß es. Vier

Augen fraßen sich in die Monitore hinein, achteten auf jedes Blatt und stumpften nach fünf Minuten zu einem starren Blick ab. Die Wärme im PolTra 223 ließ die Gehirne beinahe in Trance versinken.

Das *Team3: MiKi* schaltete die verborgene Nachricht frei, um nicht in Agonie zu fallen.

===========================================

Landespolizei Niedersachsen --- Bezirksdirektion Bremervörde

Polizei-Bezirk Mittelnkirchen .---                16.06h

*Material zu vertraulicher Analyse*

Kryptozelle – Computer Sara Jensen

Auf Sara Jensens Computer wurde eine Kryptozelle aus dem Darknet gefunden.

Bitte dieses Material grob sichten.


Der Pfad läuft über den Desktop Sara Jensens, Datei Rechnungen, Unterdatei Spiele.

Dort wird mit der Eingabe *#*7-666-5 eine verborgene Datei *Lolly* mit 587 Bildern und drei Filmen aufgerufen.

--- ---

===========================================

"Steht das mit *Chefs* Entführung in Verbindung?"

"Über 500 Fotos für einen Hund? Das finde ich schräg."

"Ich merke, du bist keine Tierfreundin. Klick mal ein Bild an!"

"Sonnenstich und Hitzeblitz! Ein blanker Hintern. Was soll das denn?"

"Und das nächste Bild? Zwei nackte Hintern. Das sind aber keine Erwachsenen."

"Das dritte Bild zeigt Details von Eva und Adam. In jugendlicher Frische."

"Pornos?... Kinderpornos?... Zieh mal die nächsten Bilder durch... Ekke Nekkepenn! Sammelt Frau Jensen Kinder-pornos?"

Die Bildpräsentation brach ruckartig ab, alle drei Monitore zeigten die orangene Sporttasche vor dem Brombeerge-büsch. "Du, da rührt sich was! Der Zugriff aufs Lösegeld erfolgt!"

"Wo?", fragte Georgieta. Dann sah auch sie den Schatten. Irgendetwas bewegte sich durch das Gestrüpp, etwa einen Meter breit. "Was ist das? Da ist kein Kopf zu sehen und keine Arme!" Ein insektenähnliches Wesen näherte sich der Sporttasche, in zwei Teile gegliedert. Oben bewegte es sich heftig, wie ein wild flatternder Vogel. Unten glich das Wesen einer Schüssel.
Mit einem Satz schnellte das unheimliche Objekt über die Tasche, senkte sich kurz hinunter und hüpfte wieder hoch. Von der Tasche war nichts mehr zu sehen. Das Etwas stieg in die Höhe und zog sich in Richtung Brombeeren zurück.

Maike Rupach sprang von ihrem Sitz: "Eine Lastendrohne! Oben vier oder sechs Rotoren, unten die Box mit den Hebeln zum Aufnehmen von Lasten."

Ausgerechnet in diesem Moment blendete der Hauptmonitor eine Information aus Kroatien ein. Mit grünem Band.

==========================================

Landespolizei Niedersachsen

Bezirksdirektion Bremervörde – Information, Stufe 2

                                    21.17h

Innenministerium der Republik Kroatien
Staatspolizei Kroatien                    über Interpol


*Kriminelle Organisation „VIER"*

1. Die Mitglieder einer kriminellen Organisation in Kroatien geben sich untereinander durch ein Zeichen auf der Innenseite ihrer Ringe zu erkennen.

In die plane Fläche erheben sich vier Eckpunkte eines gedachten Quadrates [ Kantenlänge 0,75mm ].

2. Sehr wahrscheinlich handelt es sich um die geheime mafia-ähnliche Organisation „VIER".

Bisher gestand dies keiner der Verdächtigen.

3    Festgenommen wurden 25 Personen, 18 weitere
     sind zur Fahndung ausgeschrieben.

[ Siehe Anlage 11//15-B ] Festnahmen nach Staaten: Kroatien
15, Italien 3, Österreich 3, Serbien: 3, Slowenien: 1

**Fahndungs-Ersuchen:** Alle 18 Personen [ 10 Männer, 7
Frauen, 1*] bitte europaweit suchen [ Anlage Interpol
Blitz #1045/ ]

4    Die Identität des am Ufer der Insel Kornati
     angeschwemmten Toten konnte bisher nicht

festgestellt werden. Die Anlage [ Kornati 92 ] enthält
Röntgenaufnahmen des Gebisses und Details der DNA-
Analyse. Bitte mit Vermisstenfällen, die älter als zwei
Tage sind, abgleichen.

--- ---

==========================================

Das *Team3: MiKi*  las keine der Informationen. Es
schaltete sofort zurück auf die Livebilder mit der
Lastendrohne und schob die Information in die Datei
"Unbedingt lesen".

Maike gab ihre erste Analyse an die Bezirksdirektion
weiter: "Hallo, Bremervörde, unserer Meinung nach
transportiert jetzt eine Lastendrohne, Typ 20 kg, das
Lösegeld. Wir empfehlen sofortiges Screening aller
entsprechenden Funkfrequenzen. Leider ist die Drohne für
uns zwischen den Obstbäumen so gut wie unsichtbar."

"Dazu muss die/der Pilot*In allerdings teuflisch gut navigieren können", überlegte Georgieta.

"Sie oder er muss fachlich versiert sein. Gerade startet die Drohne ins Dunkle hinein. Diese speziellen Flugmanöver werden die Entführer während der letzten Wochen eingeübt haben. Die Lastendrohne hat hohe Chancen, uns zu entwischen."

Das *Team3: MiKi* verfolgte gebannt, wie die Drohne rasch an Höhe gewann. Schneller als gedacht wurde aus Maikes Prophezeiung Realität. Die Lastendrohne umkurvte mit ihrer 120.000-Euro-Last elegant die nächsten Bäume und war nicht mehr zu sehen.

Im knappen Licht der Dämmerung verschwand sie wie von Zauberhand. Und die Geräusche der Rotoren waren minimal. Alle Polizei-Teams vor Ort hielten Ausschau, nutzten die Außen-Mikros ihrer PolTras zum Horchen. Um die Drohne wieder ins Visier zu bekommen, hätten sie einen Hubschrauber mit Wärmebildkamera benötigt.
Aber der nächstmögliche hätte musste erst aus Hamburg beordert werden müssen. Bis dieser Hubschrauber eingesetzt werden konnte, hatte die Drohne mit Sicherheit ihr Ziel erreicht. Als einziges erfolgversprechendes Instrument blieb das Suchen der Führungsfrequenz.

Doch das hieß, eine Nadel im Heuhaufen zu suchen. Allein in Norddeutschland waren 2000 Frequenzen zum Steuern von Lastendrohnen freigegeben. Und die Techniker mussten in jede dieser Frequenzen mindestens eine Minute hineinlauschen. Erst dann wussten sie, ob die gesuchte Lastendrohne über die entsprechende Frequenz gesteuert wurde.

"Müssen nicht alle Drohnenbesitzer ihre Frequenzen angeben?"
"Die für unsere Direktion angemeldeten überprüfen wir als erstes. Clevere Entführer werden aber ganz sicher eine

andere Frequenz als die für ihre Drohne gemeldete verwenden."

Das *Team3: MiKi* teilte sich die Arbeit. Maike checkte nach Absprache mit den Technikern Drohnen-Frequenzen ab. Georgieta lenkte den PolTra 223 über Straßen und Wege der Umgebung, spähte nach der Drohne und lauschte nach außergewöhnlichen Geräuschen. Dazu musste sie kein Fenster öffnen. Die abendliche Temperatur von 39° C blieb draußen. Der PolTra 223 hatte gute Außenmikrophone. Doch Georgietas Ohren nahmen nur Blätterrauschen und nachtaktive Insekten wahr.

Bald bestand absolut keine Chance mehr, die Drohne zu sehen. Sie fuhren zu ihrem Bezirksrevier in Mittelnkirchen. Die technische Leitstelle der Bezirksdirektion Bremervörde würde von nun an die Kameras der Jagdaufsicht ständig kontrollieren.

Während der Fahrt sprachen sie über die pornografischen Bilder auf Sara Jensens Rechner.

"Was zum Henker machten Jensens mit Kinderpornos?"

"Wozu verwenden Päderasten solches Material? Zum Anbieten, Tauschen, Verkaufen... Zum sich selbst daran Aufgeilen. Übrigens, Georgieta, das Material ist nur auf Sara Jensens Rechner, nicht auf dem gemeinsamen Familien- und Obstgutrechner!"

"Maike, Sara Jensen mag vielleicht eine Mörderin sein, obwohl ich deine Meinung dazu nicht teile. Aber Päderastie, das passt überhaupt nicht zu ihr."

"Vorsicht, jeder Mensch hat seine dunklen Abgründe. Es kann kein Zufall sein, dass Sara Jensen uns so oft über den Weg stolpert. Steht sie wirklich nicht mit dem Drogenhandel in Verbindung? Ein Wirtschaftsgebäude brennt und wir erfahren, dass die Jensens schon vor 100 Jahren Leichen einmauerten.

Heute dann die hirnrissige Entführung eines Hundes. Als Lösegeld werden stolze 120.000 Euro gefordert. Da liegt doch nahe, dass die Entführung nur vorgetäuscht wird.

Georgieta, Sara Jensen hat Tiefen, von denen wir noch keine Ahnung haben."

"Bleiben wir beim Thema Päderastie, Maike. Nach allen Statistiken weltweit sind Frauen beim Missbrauch von Kindern absolute Ausnahmen, meist nur Mittäterinnen."

"Womit sich für mich eine andere These ergibt. Wenn also aus rein statistischen Gründen Wolter Jensen sich pornografisch betätigte... Tötete seine Frau ihn aus diesem Grunde?"


Beim kurzen Weg zum Dienstgebäude erlebten sie erneut die positive Wirkung der Kühlhelme. Im PolTra 223 hatte eine Temperatur von 30° C   geherrscht, draußen dampfte Mittelnkirchen bei 40° C. Doch der Helm schaffte während der drei Minuten Weg vom PolTra 223 zum Dienstgebäude für das Gehirn eine Umgebungstemperatur von 22° C. Beide MiKis fühlten sich fit und frisch.

Nach zwei Stunden Duschen, Umziehen, Essen, Protokollieren und einer Minipause begannen sie erst mit einem Infocheck.

==========================================

Landespolizei Niedersachsen

Bezirksdirektion Bremervörde – Informationen – 22.08h

*Dienstliche Informationen*

*Nur für Bezirksrevier Mittelnkirchen*

*1.* Lastendrohne – Entführung Hund – keine Spur.

2. Im Bereich Direktion Bremervörde wurden 21

in Frage kommende Lastendrohnen gemeldet. Davon
wurden heute 19 überprüft. Mit negativem Ergebnis.

3. Das Päderastie-Material wurde vom Landeskriminalamt Hannover übernommen.

4. Leichenfund „im Torfpack" hinter der Kellerwand: Die britische Royal Air Force schickt

zwei Spezialistinnen zur Obduktion. Sie bestätigt, dass die
gefundene Kennmarke einem Oberleutnant Philipp Rank
gehört. 1944 war er 49 Jahre alt.

Seine Maschine wurde nach Akten der Air Force tatsächlich über dem Alten Land abgeschossen.

--- ---

==========================================

Maike schüttelte verärgert den Kopf: "Und ich war mir so
sicher, dass es sich um Wolter Jensens Leiche handelte."
Gleichzeitig grübelte ihre Kollegin Georgieta, ob nicht alle
Kellerwände nach Kammern mit Moorleichen abgeklopft
werden müssten. Aus guten egoistischen Gründen brachte
sie ihren Gedanken nicht zur Sprache.


"Was sehen wir uns zuerst an?"

"Die Filme. Jeder ist um die vier Minuten lang."

"Überhaupt entspricht Sara Jensens pornografische Sammlung nur einem bescheidenen Anfang. Im Normalfall bestehen perverse Sümpfe aus einem Pool von zwanzig oder mehr Festplatten."

"Vielleicht ist die Sammlung zwar klein, aber sehr fein."

"Oder sie ist so klein, damit Sara Jensen sich herausreden kann."

"Am besten protokollieren wir die erste Sichtung gleich."
Georgieta setzte sich an die Tastatur.

===========================================

Landespolizei Niedersachsen
Bezirksdirektion Bremervörde  --**Protokoll**--    22.23h
Bezirks-Revier Mittelnkirchen;  *Team3: MiKi*

Bezirkspolizistinnen  Georgieta Müller, Geske Rupach


*Material Computer Sara Jensen,*

*Hamburger Chaussee 28, Bliedersdorf*

Pfad:  1. Desktop; 2. Datei Rechnungen, 3. Unterdatei Spiele; 4.
Eingabe: *#*7-666-5 Verborgene Datei *Lolly:*        -- Drei Filme, 587
Bilder --


**<u>Erste allgemeine Sichtung</u> - Ergebnisse**

Die Filme

In alle drei Filme wurden Geräusche eingearbeitet, die Zuschauer den Ablauf sexueller Handlungen assoziieren lassen. Die meisten Geräusche wirken übersteuert. Alle Aufnahmen fanden in Räumen statt, der Hintergrund ist gewöhnlich dunkel. Manchmal wurden kurze Einstellungen [ maximal fünf Sekunden lang ] vor roten Folien gedreht.

Von keinem/r Beteiligten gibt es eine Ganzkörper- oder Gesichtsaufnahme. Z.B. wurden nur Lippen oder Zungen aufgenommen.

**Film 1**

Im Film sind unbekleidete Jugendliche und Kinder zu sehen, immer nur in Details, die Sequenzen konzentrie-ren sich auf Genitalien.

Gefilmt wurden zwei Mädchen, 12 bis 15 Jahre alt, und fünf Jungen, der jüngste [ ? ] hatte sehr kleine Hoden, die anderen Jungen sind vermutlich 13 bis 16 Jahre alt.

Die Zuordnung der Details zu einzelnen Personen wird sehr schwierig. Gedreht wurde bei unterschiedlichsten Lichtverhältnissen. Eingesetzt wurde zwei verschiedene Spotleuchten; außerdem erfolgte mehrfach eine Dimmung des Lichts, das in vier verschiedenen Farben strahlte.

**Film 2**

Gleicher Personenkreis wie Film 1, ebenso Lichtverhältnisse und Bildausschnitte. Entscheidender Unterschied:

Kleidungsstücke oder Tücher werden verwendet, um Körperteile anfangs zu verhüllen und diese immer weiter aufzudecken. -- Weiter werden Geschlechtsteile durch Finger oder Hände berührt, die in Handschuhen stecken [ weiß oder farbig - Haushaltshandschuhe ? ] – In einigen Sequenzen tauchen gleichzeitig 4,5 oder 6 Hände auf. Geschlechtsteile werden in zwei Szenen durch Lip-pen berührt.

## Film 3

Gleicher Personenkreis, aber aufwendiger gestaltet. Die Jugendlichen wurden zu tlw. sich bewegenden Skulpturen zusammengestellt.

Beispiel Skulptur 3: Ein Spotlicht fällt grell auf den Genitalbereich zweier nebeneinander stehender Jungen. Direkt vor den beiden bewegt sich langsam ein unbekleidetes Mädchen ins Licht und schiebt schlängelnd die in roten Handschuhen steckenden Hände in Richtung ihrer Schamhaare.

Im zweiten Teil werden Folgen von Misshandlungen präsentiert. Im Hintergrund sind entsprechende Geräusche zu hören [ kräftige Schläge von Händen auf Körperteile, Hiebe mit Gürteln oder Stöcken, sowie die Schreie der Misshandelten ]. Gezeigt werden Körperteile, besonders Gesäße, mit roten und blauen Flecken, Striemen und auch Blut, sowie gefesselte Hände und

Füße.

Alle Aufnahmen [ auch die Fotos ] entstanden vermutlich in einem einzigen Raum. In allen Filmen ist leises Klirren von Glasflaschen zu hören, in zwei Filmen geraten Rum- und Likörflaschen ins Bild.

Wir hörten beim ersten Film bei 1:49 die leise Anweisung „Jetzt" und bei 3:35 die Anweisung „Stopp!" Im zweiten Film bei 0:12 ein „Du", ebenso bei 2:09, bei 3:51 „Gut!" Im dritten Film bei 0:36 „Jetzt", bei 1:17 „Nein!", bei 2:59 „Stopp!", bei 3:47 „Du!"

Bei mehreren Bewegungen hatten wir den Eindruck, dass die Täter*innen den Kindern/Jugendlichen Alkohol eingeflößt hatten.

**Die Fotos**

Die Fotos scheinen parallel zu den Filmaufnahmen entstanden zu sein, sind ihnen zum Teil entnommen. Nur wenige Bilder [ so 1, 2, 3, 57, 58, 59, 60, 303, 304, 305, 488, 489, 490 ] entstanden nicht im Zusammenhang mit dem Filmmaterial.

Ende: 23:43 h – *Team3: MiKi  Müller, Rupach*

--- ---

========================================

Sie gaben den Befehl *Senden*. Drei Minuten später kam die Rückmeldung aus Bremervörde "Danke für die gute Vorarbeit. Kommissar Gantswig"


Im gleichen Moment klingelten Ihre Dienstphone. Georgieta meldete sich. Am anderen Ende hörte sie eine freudig erregte Stimme: "Hier ist Sara Jensen. *Chef* ist wieder aufgetaucht. Vor fünf Minuten. Frau Drewsen wollte gerade gehen, öffnete die Haustür und da sprang *Chef* mit einem Satz in die Diele.
Ich bin ja so glücklich. Danke für Ihre Hilfe! Der Tierarzt kommt gleich. *Chef* ist völlig apathisch. Der hat kein einziges Mal gebellt! Aber wir denken, er hat es überstanden. - Oh, da kommt schon der Tierarzt! Gute Nacht, danke für alles!"

Maike hatte mitgehört, Georgieta tippte die Information ein und hielt sie fürs Protokoll fest.

Maike schwieg, während sie die Informationstechnik für die Nacht einrichtete. (Schließlich mussten sie jede Sekunde erreichbar sein.)
"Was brütet Maike jetzt nur aus?", sorgte sich Georgieta. Sie kannte ihre Kollegin lange genug. Maike Rupach musste sich an irgendeinem Detail festgebissen haben.

Parallel dazu herrschte auch in Georgietas Kopf noch längst keine Ordnung. Bewusst hatte sie sich mit den pornografischen Aufnahmen befasst, im Hinterkopf aber Belege dafür gesucht, dass Filme und Bilder in Jensens Anwesen entstanden waren. Doch ihr war keine noch so kleine Übereinstimmung aufgefallen.
Wahrscheinlich sortierte Maike ebenfalls die ganzen Eindrücke. Sie jetzt zu fragen, was sie beschäftigte, wäre mehr als unklug gewesen.

Unvermittelt brach Maike ihr Schweigen: "Lass uns bitte noch einmal die Sonderbilder im 300er Bereich checken.

Irgendetwas habe ich gesehen und gleichzeitig überse-
hen." Georgieta schaltete Bild 303 des Päderastie-Materials
auf den großen Monitor. Der stellte die Nackten fast in
Lebensgröße dar. Bild 303 hatte ein ungewöhnliches
Längsformat. Unteres und oberes Drittel des Bildes
bestanden aus je drei roten und schwarzen Balken. Der
Längsstreifen in der Mitte zeigte vier Gesäße, sowie die
Ansätze von Oberschenkeln und Rücken.

Die Hintern waren mit roten Flecken übersät. Über alle liefen blaue Striemen, jeweils beim zweiten Striemen war
Blut zu sehen. "Die roten Flecken entstanden wohl durch
derbe Prügel und die Striemen durch Schläge mit einer
Reitgerte oder einem dünnen Stock", meinte Georgieta.

"Da wird die Jensen uns einiges erklären müssen", nickte
Maike, „Schaltest du bitte auf Bild 304.“

Dessen Balkenflächen waren kleiner, das Foto füllte 2/3
des Formats aus. Die Jugendlichen, diesmal nur drei,
mussten sich gebückt haben. Denn von Rücken war nichts
zu erkennen, nur die Gesäße und ganz knapp die
Oberschenkel. Die Jugendlichen flankierten ihre
Gesäßbacken mit Händen, die in roten Handschuhen
steckten.

"Lass uns Schluss machen, der Tag war hart genug, noch
weiter in diesen Perversionen zu wühlen, das verkrafte ich
nicht", meinte Georgieta.

Da sprang Maike auf, wie von der Tarantel gestochen,
stürzte zum Monitor, sah sich das Gesäß in der Mitte
gründlich an. Sie schüttelte den Kopf, hielt sich an der
Tischkante fest, schluckte. Standen Tränen in ihren Augen?

"Was ist los?", fragte Georgieta und wollte zu ihr, doch
Maike schnippte mit den Fingern und gab das Zeichen,
noch einmal Bild 303 aufzurufen.

Maike schwankte zitternd zum Monitor, verschmolz mit dem Bild... drehte sich im Zeitlupentempo zu Georgieta und stammelte: "Der zweite... und... der vierte Hintern..., das sind... *meine Zwillinge, Georgieta!*"


Sie zeigte erst auf das zweite Gesäß: "Drei kleine Muttermale rechts oben, das ist Jörgen.", dann auf den vierten: "Drei Muttermale links oben, also Hanno! Im nächsten Bild in der Mitte, das ist wieder Jörgen."

Maike Rupach setzte sich, hielt die Hände vors Gesicht, ihr Körper verkrampfte, sie schluchzte. Georgieta eilte zum Erste-Hilfe-Schrank und holte eine kleine Flasche heraus. Sie schüttete das Anti-Schock-Elixier *A\*S\*E* in ein Glas. "Maike, der Anti-Schock-Mix! *Den trinkst du jetzt!*"

Die Angesprochene reagierte auf den barschen Befehlston so, wie sie es während der Übungen automatisiert hatten. Sie trank das Glas in einem Zug leer. Die Flüssigkeit brandete die Speiseröhre hinunter und explodierte im Magen. Maike Rupach war bewegungsunfähig.

Gerogieta holte nasse Lappen und zwei Handtücher aus dem Badezimmer. Sie wischte Maikes Gesicht ab und trocknete es. Sofort war das Gesicht wieder voller Schweiß, Waschen und Abtrocknen mussten mehrfach wiederholt werden. Alles endete in einer quälenden Speichelattacke. Regungslos saß Maike ein paar Minuten auf dem Stuhl; schließlich atmete sie immer tiefer durch.


"Danke, Georgieta. Meine Zwillinge. Hanno. Jörgen. Alle Filme, alle Bilder sprudelten durch meinen Kopf. Ich konnte sie nicht abstellen. Denken war unmöglich... Meine Kinder, meine Zwillinge waren in der Hälfte aller Nacktaufnahmen zu sehen... Mit Hintern oder Penis. Das wollte ich nicht wahrhaben. Das übersah ich. *Das wollte ich einfach nicht glauben*. Wieso diese Aufnahmen?

Wann? Wer macht so etwas? Und die anderen Kinder? Kenne ich sie? Und wenn *sogar wir beide* diese Kinder kennen? Vielleicht saßen sie schon einmal in unserem PolTra. In meinem Kopf drehen sich Sonnenstich und Hitzeblitz.

Dabei muss ich im Unterbewusstsein Hanno und Jörgen sofort erkannt haben. Nur weigerte sich mein analytischer Denkapparat, das zu registrieren. Meine Sinne, mein Ich, zogen da einen dichten Vorhang drüber.
Die Jensen! Sara Jensen! Sara Jensen! In jedem Filmschnipsel, in jedem Bild suchte ich Bezugspunkte zu ihrem Haus oder wenigstens dessen Einrichtung. Tauchten uns bekannte Wände auf, Möbelstücke, Tapeten oder Wandfarben?... Hatten wir Spotlampen gesehen, die so strahlen wie die im Film? Gab es in Jensens Anwesen Räume mit diesem harten Hall?...

Die müssen in einem Kellerraum gefilmt haben, Georgieta, einem ohne Fenster. Vielleicht war das der Keller in Issendorf? Wurde das Gebäude deshalb abgefackelt? Gehörten die Rumsorten in den Bildern zu Jensens Getränkebar? Oder die Liköre? Das Material zeigte nur Supermarktstandard. Das passt nicht zu den Jensens, eigentlich. Auf all das achtete ich, mit allen fünf Sinnen. Für das Naheliegende, das sofort Erkennbare war ich blind.

Wer brachte Jörgen und Hanno dazu, sich nackt auf so abartige Weise filmen zu lassen? Wo? Wann? Warum sagten sie mir nichts? Warum vertrauten sie sich mir nicht an? Oder Torsten? Weiß der etwas? Und schließlich: Wie in aller Welt gelangten diese Pornos auf Jensens Computer?"


Maike griff zu ihrem Interphone, tippte auf die Nummer eins: "Torsten, hallo. Kurz, ganz kurz: Alarmstufe Rot. Die Zwillinge und du, ihr bleibt morgen zu Hause. Georgieta und ich kommen um zehn Uhr. Sag den Zwillingen, es gehe um ihr letztes Pokerspiel. Dann können sie sich vorbereiten. Ende!" Sie tippte auf das rote Feld.

Georgieta sah sie an: "Dir ist klar, dass du sie nicht befragen darfst. Selbst deine Anwesenheit ist nicht gestattet."

"Gerade in diesem Fall wird uns kein Verfahrensfehler unterlaufen. Dafür sorge ich persönlich", sagte Maike. Sie tippte die elf ins Interphone. "Kommissar Gantswig, hier Maike Rupach, Bezirks-Revier Mittelnkirchen. Wir müssen in Sachen Pornografie-Material eine Befragung durchführen. Zu den Aufgenommenen gehören auch meine Söhne. Der Befragungstermin in Buxtehude, Helmut-Schmidt-Straße 21, wurde auf zehn Uhr morgen Vormittag angesetzt."

Lennart Gantswig bat, mit Georgieta sprechen zu dürfen. Zuerst ging es ihm um Maike Rupach. Sei sie okay? Georgieta habe ihr A*S*E verabreicht? Wenn dessen Wirkung verflogen sei und Kollegin Rupach ausgeschlafen habe, könne sie ihren Dienst abbrechen. Für Kollegin Rupach sei es doch eine erhebliche Belastung, zu wissen, dass ihre Kinder zu sexuellem Missbrauch befragt würden.

Habe das *Team3: MiKi* bereits Erklärungen gefunden zum Zustandekommen des Materials, bei dem es wohl eher um Päderastie gehe als um Pornografie? Keine. - Dann seien die Zwillinge der Bezirks-Polizistin Maike Rupach als Informanten absolut wichtig. Morgen Vormittag werde Inspektorin Regener die Befragung übernehmen.

Nach Beendigung des Gespräches versuchte Georgieta Müller ihre Verwirrung zu sortieren. Zwischen ihrer Kollegin und jenem Kommissar Gantswig (den das *Team3: MiKi* auf Grund seines arroganten Auftretens *Kommissar GanzWichtig* betitelte) bestand eine kühle Distanz. Beide begegneten sich mit sicht- und fühlbarer Antipathie. Doch gerade... da war der Stimme des Kommissars eine persönliche Betroffenheit anzumerken, die weit mehr war

118

als normales dienstliches Mitgefühl. Erfolgten in der Tektonik der Gefühle unsichtbare Verschiebungen?

Maike riss sie aus ihren Gedanken. "*Kommissar GanzWichtig* arbeitete doch bereits in aller Frühe in Bremervörde. Und jetzt immer noch? Der muss mit seinem Stuhl zu einer Einheit verschmolzen sein", lästerte ihre deutlich müde Kollegin. Wirkungs-Phase drei des Anti-Schock-Elixiers A*S*E setzte ein. Dem Aufbäumen des Magens folgte in der zweiten Phase das Unterdrücken aller Gefühle, auch jeder Art von Schmerzempfinden. Der Patient konnte messerscharf denken und handeln. Nach 30 Minuten begann die dritte, die Tiefschlafphase.

Auch in dieser waren die Empfindungen begrenzt. A*S*E wirkte wie ein Hammer, vielfach wie ein Vorschlaghammer. Zusätzlich setzten Nachwirkungen ein, immer. Und nie richtig einschätzbar. Deshalb durfte die Substanz höchstens einmal pro Halbjahr eingenommen werden.

Georgieta half der benommenen Maike in die Doppel-Schlafkabine. 20 Minuten später legte Georgieta sich neben Maike. Denn nach einer A*S*E-Einnahme war vieles möglich. Maike könnte plötzlich schlafwandeln, das Bett mit einem Trampolin verwechseln oder Feuer legen. Georgieta musste eingreifen können.

Ihr Alarmschlaf funktionierte in dieser Nacht so gut, dass sie am nächsten Morgen meinte, die ganze Zeit wach gelegen zu haben. Maike wiederum hatte ruhig und fest geschlafen. Wie ein Baby.

# 42° C

Georgieta ließ ihre Kollegin morgens so lange wie möglich schlafen, was gut zu Maikes persönlichem Tagesrhythmus passte. Sie trödelte gern in den Tag hinein. "Richtig wach bin ich erst, wenn ich den ersten Gangster verhaftet habe", pflegte sie zu sagen.

Aus Kroatien waren weitere Informationen gekommen, mit grünem Band.

=========================================

Landespolizei Niedersachsen

Bezirksdirektion Bremervörde – Information - 8.18h


Innenministerium der Republik Kroatien

Staatspolizei Kroatien                          <u>über Interpol</u>

   1.   *Autopsie Wasserleiche – Kornati*

   2.   *Kriminelle Organisation „VIER"*

1.1 Der Tote war ein etwa 40-jähriger Mann, 1,82m groß, Gewicht 85 kg, athletisch, durchtrainierter Körper.

Zahnbehandlungen erfolgten in Italien und zweimal in Österreich.

1.2 Die Leiche wies **Kampfspuren** auf: zwei Schädelfrakturen, Hämatome am ganzen Körper, viele Schürfwunden, Quetschungen am linken Fuß, an der linken Hand sind der kleine und der Ringfinger gebrochen, zwei Rippen sind angebrochen.

1.3 Der Mann war bereits tot, als er in Wasser geworfen wurde.

1.4 Partikel von Ölen und Lacken lassen vermuten, dass der Tote von einem Boot ins Wasser geworfen wurde. Den Tod verursachten Verletzungen, die ihm bei einem heftigen Kampf zugefügt wurden.

Auch sein/e Gegner (?) müssen schwer verletzt worden sein. Waffen [ Stöcke, Messer, Pistolen… ] wurden nicht verwendet.

Der Kampf kann sich auf einem Boot abgespielt haben. Ebenso gut ist möglich, dass der Mann an einem anderen Ort getötet und seine Leiche auf ein Boot gebracht wurde.

1.5 Die letzte Mahlzeit wurde drei Stunden vor dem Tod eingenommen [ Lammfleisch, Pasta / Alkohol: 0,15 Promille ].

1.6 Aus der Tatsache, dass der Mann einen Ring mit der speziellen Bearbeitung trug, kann abgeleitet werden, dass er zur Organisation „VIER" gehörte.

2.1 Vier Punkte in den Innenseiten von Ringen sind Kennzeichen der Organisation „VIER".

2.2 Drei Verdächtige erklärten, die Mitglieder der kriminellen Organisation „VIER" wiesen ihre Zugehörigkeit durch die speziell angefertigten Ringe nach. Sie gaben zu, selbst zu dieser Organisation zu gehören.

Mit ihnen wurde 1. die Kronzeugenregelung abgesprochen und 2. erhalten sie nach Verbüßung der Haftstrafen neue Identitäten.

2.3 Die gleiche Regelung gilt für einen Goldschmied in Zadar. Er vertraute sich nach Vermittlung seines Anwalts der Staatspolizei an und gab zu, vor neun Jahren eine Serie von 60 Ringen und vor vier Jahren eine zweite Serie von 90 Ringen mit den vier Erhebungen angefertigt zu haben. Deren Bedeutung sei ihm nicht erklärt worden. Aufgrund von Medienberichten habe er es vermutet.

Name und Adresse seiner Auftraggeberin teilte er mit.

--- ---

==========================================

Um 9.30 Uhr ging *Team3: MiKi* zu seinem PolTra 223, die Kühlhelme auf den Köpfen. Georgieta hatte morgens ab 7.00 Uhr die Temperatur im Revier auf 27° Celsius heruntergeregelt. Draußen betrug die Temperatur bereits 40°Celsius.

"Torsten darf an der Befragung der Zwillinge nicht teilnehmen. Dafür wird er mich noch mehr hassen", sagte Maike zu Georgieta. "Ich bin ebenfalls ausgeschlossen und darf ihn über nichts informieren. An diese Vorschrift werde mich absolut halten. Er wird mich für meine Berufswahl Bezirks-Polizistin hassen."

"Brachte euch unser Beruf auseinander?", fragte Georgieta, "Eure Scheidung vor drei Jahren kam für mich überraschend, wenn ich es so sagen darf."

Dieser Morgen war dazu bestimmt, Klartext zu reden.

Maike lächelte: "Nein und Ja. Wir drifteten nach der Geburt unserer Zwillinge auseinander. Torsten ist Familienmensch. Für ihn besteht der Zweck eines Berufes allein im Geldverdienen. Torsten bezieht sich, sein gesamtes Handeln, Reden und Denken *zuerst* auf seine Familie. Er klammert...

Er klammerte, bis mir die Luft zur Entfaltung fehlte. Zum Beispiel im Beruf. "Wieso willst du Karriere machen, von der Streifen- zur Bezirks-Polizistin?" Meine Gedanken sollten sich *nur* auf ihn und die Kinder richten, Georgieta!

Wenn ich mich zur Sechs-Tage-Schicht verabschiedete, war sein Blick ein einziger Vorwurf. Kam ich für die vier Tage Ruhe nach Hause, tat er so, als hätte ich ihn grundlos sechs Wochen lang verlassen. Torsten war der Mittelpunkt meines Lebens. Doch ich benötige Auszeiten für mich ganz alleine. Dass ich leidenschaftlich gerne male, verstand er einfach nicht. "Zeichnen kannst du auf dem Revier. Aber jetzt bist du zu Hause, bei mir!"

Als Ehemann hielt Torsten nie die Balance zwischen Nähe und Abstand. Das Zentrum meines Lebens wucherte zu einem Krebsgeschwür aus. Bei der Trennung krallte er sich an die Zwillinge. "*Du* bekommt *deine* Scheidung, *ich* nehme die Kinder!", brüllte er mich an.

Spätestens der Pornografie-Fall wird uns für alle Ewigkeiten trennen. Bisher tat er alles, um Jörgen und Hanno an sich zu binden. Die Befragung heute wird er als plumpes Reingrätschen meinerseits interpretieren."

An jedem anderen Tag wäre ihnen das alte Vehikel mit den tiefschwarz getönten Scheiben schon bei der Abfahrt aufgefallen. Doch das Gespräch über Torsten hatte Vorrang. Die kybernetische Steuerung des PolTra 223 hatte wie üblich die B 73 für die Fahrt nach Buxtehude gewählt. Sie konzentrierten sich so sehr aufs Gespräch, dass Georgieta kein einziges Mal die Hände ans Steuer legte. Sie nahm auch keine Notiz von der ungewöhnlichen Fahrweise des großen Oldtimers, der ihnen seit der Abfahrt folgte.

Das dunkle Fahrzeug setzte zum Überholen an, obwohl der PolTra 223 schon die erlaubte Höchstgeschwindigkeit von 90 km/h fuhr, und glitt im Abstand von nur einem Meter am PolTra vorbei. Genau das meldete die automatische Verkehrserkennung akustisch und optisch auf dem Monitor: "Achtung, PolTra 223 wird regelwidrig überholt, Geschwindigkeit des Fahrzeugs STA BLI 717 beträgt 122 km/h."

Alles spielte sich innerhalb weniger Sekunden ab. Die schwere Limousine hatte zur Hälfte am PolTra 223 vorbeigezogen. Mit einem plötzlichen Ruck lenkte ihn seine Fahrerin schräg nach rechts. Das Sicherheitssystem des

PolTra 223 konnte nicht mehr reagieren. Der Polizeitrans-
porter geriet auf den Randstreifen, rutschte ungebremst in
den Graben, kippte zur Seite, überschlug sich und blieb auf
dem Dach liegen. Georgieta hing bewegungslos wie eine
Marionette, der alle Fäden abgeschnitten worden waren, in
ihrem Sitz.

Auf dem Beifahrersitz neben ihr röchelte und spuckte
Maike. Ihr Magen schickte das komplette Frühstück retour.
Maike fühlte sich, als hätte sie vor fünf Sekunden das Anti-
Schock-Elixier eingenommen.


Nach einer Minute funktionierte ihr Kopf besser als jeder
Computer. Automatisch spulte sie den *Check-nach-einem-
Unfall* ab.

War sie selbst verletzt? Bestimmt. Ihre Hände bluteten.

War sie schwer verletzt? Nein. Sie konnte ihre Hände,
Arme und Beine bewegen, Sehen, Hören, Fühlen und
Riechen funktionierten. Sie spürte nur geringe Schmerzen,
das Gehirn sortierte sich in einem leichten Schwindelgefühl.

Wie ging es Georgieta? Maike brach die geforderte Erst-
Untersuchung nach wenigen Augenblicken ab. Hilfe
musste her und das rasch!

War der Unfall automatisch weitergemeldet worden? Ja!
Sie drückte die Alarm-Info-Taste: "Hier PolTra 223, Hören
sie mich, Bremvervörde?"

"Klar und deutlich, Frau Rupach."

"Hier Bezirks-Polizistin Maike Rupach, *Team3: MiKi*. Unser
PolTra 223 wurde auf der B 73 in Höhe Schragenberg
abgedrängt und überschlug sich. Er liegt auf dem Dach.

Bezirkspolizistin Georgieta Müller hängt oben im Fahrersitz, ist schwer verletzt, hat Knochenbrüche, blutet stark und ist ohnmächtig. Bitte Rettungshubschrauber und Notarzt schicken. Ich werde versuchen, die heftigsten Blutungen zu stillen, habe aber Schwierigkeiten an einen der Erste-Hilfe-Koffer zu kommen. Mir selbst geht es gut. (Das Anti-Schock-Elixier erwähnte sie nicht. Das konnte später in die Akten). - Haben Sie die Kenn-Nummer des Verursachers? Ende."

"Ja, Kollegin Rupach. Kommissar Gantswig und Direktionspolizistin Dana Hagemann werden in wenigen Augenblicken bei Ihnen sein." Während Maike nach dem Erste-Hilfe-Material suchte, überlegte sie, warum Bremervörde nicht wie vorgesehen Inspektorin Regener schickte. Diese Abweichung war sehr ungewöhnlich.

Die Hitze machte Maike Rupachs lädiertem Körper zu schaffen. Sie öffnete die Klappe zu den Kühlhelmen und befestigte den ersten an Georgietas Kopf. Das war nicht einfach, weil Georgieta mit dem Kopf nach unten in ihrem Sitz hing, und gefährlich, denn Georgietas Kopf konnte innere Verletzungen haben. Maike setzte sich den zweiten Helm auf. "Sonnenstich und Hitzeblitz!", ärgerte sie sich. Sie kam einfach nicht an das eingeklemmte Verbandsmaterial heran. Also würde sie ihre Bluse in Streifen schneiden. Zumindest die stark blutenden Wunden der Ohnmächtigen musste sie verbinden.

Gerade als Maike Rupach ihre Bluse öffnete, kroch Kommissar Lennart Gantswig in den *PolTra 223*. Erst jetzt wurde Maike Rupach bewusst, dass der PolTra keine Windschutzscheibe mehr hatte. Also deshalb war es so heiß! Die Klimaanlage arbeitete zu zwar, aber gegen ein fehlendes Fenster hatte sie keine Chance. Und die vielen kleinen Schnittwunden im Georgietas Gesicht stammten von den Splittern der Windschutzscheibe.

Lennart Gantswig sah Maike Rupach sehr besorgt an, lächelte dann aber, als er sie checkte: "Danke, dass du deine Bluse für mich bereits aufgeknüpft hast." Direktionspolizistin Dana Hagemann erschien mit Verbandsmaterial und kümmerte sich um Georgieta. Ein Hubschrauber war zu hören und etliche Martinshörner. Im Nu war die Fahrertür mit einem Diamantflex entfernt, wurde Bezirks-Polizistin Georgieta Müller von sechs Sani-täter*Innen zuerst an Gestänge fixiert und dann aus dem Fahrersitz gelöst.

In unveränderter Sitzposition wurde der Körper der immer noch Ohnmächtigen langsam und vorsichtig um 180° gedreht, bis der Kopf endlich oben war. Während alles für den Transport mit dem Hubschrauber vorbereitet wurde, untersuchten zwei Notärztinnen Georgieta. Zwei Transfusionen wurden angelegt, ein Beatmungsgerät unterstützte die Lunge.  Die Verletzte und die Ärztinnen wurden, noch während der Untersuchung, in den Hubschrauber bugsiert.

Maike Rupach staunte über diese Routine: "Ich dachte, das sei nur in den Lehrfilmen so perfekt." Eine Ärztin verließ den Hubschrauber, der sofort abhob, und kam zur Polizei-Crew: "Sie müssen mit dem schlimmsten rechnen. Fast alle Knochen sind gebrochen, innere Verletzungen wahrscheinlich. Sie hat etwa zwei Liter Blut verloren."

Maike griff zu ihrem Interphone. Glücklicherweise funktionierte es noch: "Frau Doktor, ich überspielte Ihnen die dienstlichen medizinischen Grunddaten und Befunde zu meiner Kollegin Georgieta Müller. Informieren Sie unbedingt ihren Mann Sönke Müller. Der soll mit den Töchtern ins Krankenhaus kommen. Die Adresse seiner Arbeitsstelle finden Sie bei den Grundangaben. Wenn Georgieta beim Aufwachen Sönkes Stimme hört und das Plappern ihrer drei Töchter, wird das ihren Lebenswillen pushen."

Ein Kriminaltechnik-Team aus Hamburg übernahm die Untersuchung. Das Landeskriminalamt Hannover hatte um diese Unterstützung gebeten.

Beim Einsteigen in Kommissar Gantswigs *PolTra 278* fingen sich ihre Blicke.
"Wie viele Jahre liegt unser Damals entfernt? Siebzehn?", fragte Lennart Gantswig vorsichtig.
Maike Rupach antwortete leise: "Vor drei Ewigkeiten waren wir uns wichtig..."

"Eine neue Gegenwart, ein neues Finden?" Er verband seine Frage mit einem breiten Lächeln.
Sie wollte ebenfalls lächeln, aber es gelang ihr nicht.

Kleine emotionale Flammen loderten auf, schwankten heftig. Die Dunkelheit überwog. Gab es Chancen für einen hellen Tag? Maike und Lennart flüchteten in das Regeln dienstlicher Angelegenheiten.

"Du gehörst nach Hause, Maike."
"Nein. Was soll ich in meinem Appartement in Jork? Momentan denke ich so klar wie noch nie während dieser Hitzewelle. Zu Hause fällt mir nur die Decke auf den Kopf. Ich muss erfahren, wie es mit Georgieta steht. So bald wie möglich möchte ich neben ihrem Bett in der Klinik sitzen.

Wir müssen ermitteln, wer unseren PolTra 223 rammte und warum. In einer halben Stunde wird bei meinen Kindern und meinem Mann im Zusammenhang mit sexualisiertem Missbrauch ermittelt. An welchem Ort bin ich jetzt anderen und mir selbst am nützlichsten? Auf meinem Posten."

Lennart war als der leitende Beamte mit ihrem Entschluss sichtlich nicht einverstanden. "Sobald du eine Fehlentscheidung triffst, werde ich vom Dienst suspendieren."

Sie zuckte mit den Schultern: "Logisch! Die Vorschriften gelten."

Er nickte ihr zu: "Übrigens scheint die heutige Hitze auf Kriminelle anregend zu wirken. Wiebke Regener und ich waren auf dem Weg zu eurer Unfallstelle, als ein zweites Kapitalverbrechen gemeldet wurde, ein Raubüberfall. Wiebke ist auf dem Weg zum Tatort und kommt deshalb nicht mit nach Buxtehude."

Direktionskommissar Lennart Gantswig schaltete auf dem linken Monitor eine Information ein. Mit rotem Band.

========================================

Landespolizei Niedersachsen

Bezirksdirektion Bremervörde – Information – 10.11h


*Überfall auf Geldtransporter – B 73 – bei Burweg*

Um 9.43 h wurde ein Überfall auf einen Geldtransporter gemeldet.

Dabei gab es eine Explosion. Der Transporter wurde total zerstört. An Bord waren fünf Transport-Begleiter.

Ort des Überfalls war die B 73 bei Burweg. Der Geld-transporter sollte drei Millionen Euro nach Cuxhaven liefern.

Die Gesamtleitung der Untersuchung übernimmt vorerst Direktionsinspektorin Wiebke Regener. Sie ist mit allen verfügbaren Kräften dorthin unterwegs.

Das Landeskriminalamt schickt 40 Polizist*Innen. Da die Kriminaltechnik der Direktion Bremervörde mit dem Unfall in Schragenberg befasst ist, kommen bei Burweg die KT der Direktionen Cuxhaven und Bremen, sowie eine KT der Bundeswehr zum Einsatz. – Die Leitung der KT-Teams liegt bei Frau Dr. Kaja Wredt [ Polizeidirektion Bremervörde ]

--- ---

=============================================

Über den rechten Monitor lief eine zweite Information. Mit grünem Band.

=============================================

Landespolizei Niedersachsen

Bezirksdirektion Bremervörde – Information, Stufe 2 –
10.20h

*Wechsel bei Befragung Torsten Rupach [ 39 ] und seiner Söhne Jörgen und Hanno [ Zwillinge, 14 ]*

Da Inspektorin Regener die vorläufige Leitung der *Kommission Raubmord Burweg* übernimmt, wird Direktionspolizistin Dana Hagemann Herrn Rupach befragen.

Die Söhne befragt Kommissar Gantswig.

Herr Rupach und seine Söhne wurden informiert, dass der Befragungstermin sich wegen eines Unfalls um etwa eine Stunde verschiebt.

--- ---

============================================

Die ganze Zeit über präsentierte die Frontkamera des Poltra 278 auf dem Hauptmonitor, wie die KT den auf dem Dach liegenden PolTra 223 untersuchte.

Oben lief die nächste Information ein, mit rotem Band.

============================================

Landespolizei Niedersachsen

Bezirksdirektion Bremervörde                    10.05h

*Recherchezentrum Rotenburg/Wümme - **Halterabfrage***

Halter STA BLI 717 [ Oldtimer, Zulassung 1997 ]

Besitzer:   Jensen, Wolter;  Hamburger Chaussee 28,
             Bliedersdorf.

Am Steuer saß mit 80% Wahrscheinlichkeit eine Frau. Die Limousine STA BLI 717 sendet seit vier Tagen keine Positions- und Verkehrskennung.

---

============================================

"Dann könnte Sara Jensen am Steuer gesessen haben", sagte Maike Rupach. "Diese Frau ist eiskalt."

"Wieso verdächtigst du Frau Jensen aus Bliedersdorf?"

"Eine ganze Reihe von Indizien spricht dafür, dass Sara Jensen vor neun Tagen ihren Mann Wolter im Adriatischen Meer ermordete. Du bist über den Fall informiert. Ihr Mann sprang ins Wasser, sie ließ sie ihn ertrinken und bat erst zehn Minuten später um Hilfe. Frau Jensen weiß, dass Georgieta und ich Beweise gegen sie suchen. Wahrscheinlich wollte uns aus dem Weg räumen."

Lennart stellte auf dem rechten Monitor ein britisches Dokument ein. Mit grünem Band.

===============================================

Landespolizei Niedersachsen

Bezirksdirektion Bremervörde – Information, Stufe 2
10.10h

Mitteilung der Royal Air Force, London      über Interpol

*Toter in Wirtschaftsgebäude Issendorf:*
*Oberleutnant Philipp Rank*

Zwei Pathologinnen der Royal Air Force untersuchten die Leiche aus Issendorf gründlich. Es handelt sich mit großer Sicherheit um die Leiche von Oberleutnant Philipp Rank. Sein Bomber wurde am 17. April 1944 gegen 21.20 Uhr über dem alten Land abgeschossen.

Als er mit dem Fallschirm landete, war er bereits erheblich verletzt.

Zivile deutsche Fluchthelfer müssen ihn gefunden haben. Sie führten kleine Eingriffe durch, um ihn zu retten. Die Beine und der linke Arm wurden geschient, Wunden gesäubert und verbunden. Die geleistete medizinische Betreuung reichte aber nicht aus. Philipp Rank erlag etwa zwei Wochen nach dem Absturz seinen Verletzungen,

Seine Leiche wurde hinter der Kellerwand nicht einfach versteckt, sondern fachgerecht in Torf konserviert. Seine Helfer waren vermutlich Zivilisten, die gegen das Nazi-Regime waren. Seine Leiche werden sie versteckt haben, um sich selber nicht zu gefährden,.

Oberleutnant Rank geriet auf keinen Fall in die Hände der deutschen Wehrmacht.

--- ---

==========================================

"Aber warum wurde die Leiche nicht gleich nach dem Krieg aus dem Versteck geholt?", fragte Maike.

"Ob sich nach so vielen Ewigkeiten eine Antwort auf diese Frage findet?", murmelte Lennart.

Auf dem linken Monitor blendete die Bezirksdirektion Bremervörde Bilder aus Burweg ein; die letzten Aufnahmen der Überwachungskamera des Geldtransporters.

Auf der rechten Seite flog aus hundertfünfzig Metern Entfernung ein kreisrunder Gegenstand auf die Windschutzscheibe zu. Unten war ein Kommentar eingeblendet: "Zeitlupe --- Echtzeit: 0,6 Sekunde --- gestreckt auf zehn Sekunden Länge"

Der dunkle Gegenstand war von einem hellen Kreis umgeben. "Eine Rakete?", fragte Maike Rupach. Kurz bevor der Gegenstand den Transporter erreichte, waren im Lichtkreis vier deutliche Striche zu erkennen. Sie waren gleich voneinander entfernt, jeweils im Winkel von 90°.

"Eine Rakete", war sich Maike jetzt sicher, "mit einem Leitwerk." Der kreisrunde Körper verzerrte sich zu einem dunkelgrauen Schatten unterhalb der Kamera, drei Meter des Schweifs waren zu sehen. Das letzte Bild war eine surreale Mischung aus Weiß und Rot. Damit brach die Übertragung ab.

"Ist da überhaupt noch etwas übrig?"

"Wenn, dann deutlich weniger als von eurem PolTra."

"Ekke Nekkepenn! Im Transporter saßen doch auch einige Begleiter... Ob die noch leben?"

In diesem Moment meldete sich per Dienstphone Inspektorin Wiebke Regener mit ersten Details: "Der Geldtransporter wurde durch die Wucht der Explosion in drei Teile zersprengt, einzelne Gegenstände liegen in einem Radius von 100 Metern um den Tatort. Keiner der fünf Begleiter überlebte. Ihre Leichen sind zerstückelt. Außerdem liegen hier viele verformte Geldkassetten. Von dem ganzen Geld konnten die Täter nur einen Bruchteil greifen."

"Auf den ersten Bildern stand rechts auf dem Feld ein Traktor. Das wäre ein gutes Fluchtfahrzeug", sagte Maike Rupach.

Kommissar Gantswig tippte ihren Hinweis ein. "Ekke Nekkepenn! Die Reste des A*S*E lassen dich wie eine Maschine denken. Hoffentlich erreichen die Nachwirkungen nicht die Höhe dieses positiven Peaks."

"Wir sollten wegen des Royal-Air-Force-Fliegers Frau Jensen befragen. Das Wirtschaftsgebäude gehörte 1944 der Familie ihres Mannes. - Brechen wir nun nach Buxtehude auf?"

Lennart Gantswig sah an ihr vorbei: "Maike... Gleich, beim Gespräch mit deinen Söhnen. Könnte ich doch die Antworten stricken! Ich möchte dich einfach nicht verlieren."

Sie sah ihn an. Lange. Dann sagte Maike mit fester Stimme: "Herr Kommissar Lennart Gantswig, in dieser Angelegenheit decken sich mein privates und mein dienstliches Interesse zu zweihundert Prozent. Um Frau Jensen zu fassen, muss jeder Buchstabe der Verfahrens-Vorschriften eingehalten werden!" Sie küsste seine rechte Wange.

Jörgen und Hanno Rupach fühlten sich sichtlich unwohl, als sie am Esszimmertisch dem Herrn Direktionskommissar Gantswig gegenübersaßen. Der Mann hinter dem Monitor und dem Aufnahmegerät war *wirklich* ganz wichtig! Er strahlte die Bedeutung seines Amtes aus und verhielt sich den beiden Jungen gegenüber förmlich korrekt.

Zwischen den dreien lag ein Dokument-Monitor der Polizei. Die Übersichtsleiste gab an:

Maike Rupach saß auch am Tisch, aber an der Kopfseite.

"Also, ihr beiden, bevor wir mit der Befragung starten. Eure Mutter dürfte hier und jetzt nicht anwesend sein. Die für den Abschluss der Befragung als Zeugin vorgesehene Inspektorin Regener muss an einem anderen Ort wegen eines Raubüberfalls ermitteln.
Nur deshalb springt in diesem Ausnahmefall eure Mutter als stumme Zeugin ein. Sie darf *nichts* sagen, erst recht *keine* Fragen stellen und sich zu *keinem* Punkt äußern. Ihr könnt und dürft euch *nicht* an sie wenden, denn sie darf *keine* eurer Fragen beantworten oder euch Hinweise geben. Habt ihr das verstanden?"

Hanno sagte "Ja!", Jörgen nickte.

"Wisst ihr, warum ihr befragt werdet?"

"Vati sagte, es ginge um ein Pokerspiel."

"Wisst ihr, um welches?"

Beide guckten, als hätte man sie auf frischer Tat beim Apfelklauen erwischt. Hanno versuchte, den Unschuldigen zu spielen: "Wir haben nichts Schlimmes gemacht."

Kommissar Gantswigs Gesicht signalisierte Entgegenkommen: "Vielleicht wart ihr Opfer eines schlimmen Spiels?"

Die beiden sahen sich an und waren sich einig, nichts zu sagen. Hanno meinte bockig: "Was soll denn gewesen sein?"

136

Von der Stirnseite her war ein wütendes Ausatmen zu hören.

Die Zwillinge sahen erschreckt zu ihrer Mutter. Die aber bückte sich zum Boden, um einen Stift aufzuheben. Ihr Gesicht war nicht zu sehen.

Kommissar Gantswig sagte ruhig: "Jörgen, Hanno, dieser Doku-Monitor liegt nicht umsonst auf dem Tisch. Es gibt Bilder und Filme. Die Polizei kennt sie und ihr bestimmt auch."

In diesem Moment pochte Maike Rupachs Dienstphone an. Die Information lief auf einem grünen Band.

============================================

Landespolizei Niedersachsen

Polizeidirektion Bremervörde   Information, Stufe 2
                            10.59h

*Unfallflucht      Limousine STA BLI  777*
        Unfall bei Schragenberg, B 73,  9.38h

Die Limousine des Eigentümers Wolter Jensen wurde vor fünf Tagen von der Mobilitäts-Werkstatt Knott zur jährlichen Inspektion abgeholt.

Dort wurde sie vor drei Nächten gestohlen. Der Diebstahl wurde gleich nach Öffnung der Werkstatt um 7.27 Uhr gemeldet. Die Werkstatt verschwieg Jensens den Diebstahl.

--- ---

============================================

"Diese Jensen zieht ihren Kopf aus jeder Schlinge", dachte Maike Rupach verärgert.

"Schragenberg", flüsterte sie Lennart zu.


Kommissar Lennart Gantswig konzentrierte sich wieder auf die beiden Jungen. Er bewegte seine rechte Hand langsam in Richtung Doku-Monitor. "Nun?" Unsicher blickten sich die Zwillinge an.


Hanno wandte seinen Kopf: "Herr Kommissar, ...?"

Da trat ihm Jörgen wütend auf den Fuß. "Au!"

Hanno schwieg, Jörgen sah völlig verstockt zum Kommissar. Er war nicht bereit, zu reden.


"Tja, ein Bild sollte reichen." Kommissar Gantswigs Zeigefinger näherte sich langsam dem Monitor. Hanno und Jörgen schwiegen verbissen, sahen ihn mit einer Mischung aus Angst und Trotz an. Kommissar Gantswig berührte den Monitor: Er zeigte das bearbeitete Bild 303. Unter dem zweiten Gesäß stand *"Hanno Rupach, 13 Jahre, Helmut-Schmidt-Str. 21, Buxtehude",* unter dem vierten außer *"Jörgen Rupach"* die weiteren Personenangaben.

"Ich schlage vor, dass wir es bei diesem einen Bild belassen."


Die Zwillinge liefen knallrot an, Tränen standen in ihren Augen. Erstaunlicherweise brach Jörgen ihr Schweigen: "Wir waren blau bis zum Stehkragen."

Hanno warf wütend ein: "Folke Dettmer ist schuld, der Master of Sex."

"Ja und Nein. Denn der Vorschlag mit dem Strippoker kam ja wohl von uns."

"Aber *alle* wollten es, *wirklich alle!* Deswegen waren wir gekommen und blieben über Nacht."

"Wo seid ihr über Nacht geblieben?"

"Na, bei Peers fünfzehntem Geburtstag, vor vier Wochen, an diesem Freitag. Die Dettmers, Peers Eltern waren zu ihrem Ferienhaus in Cuxhaven gefahren, um es für Gäste herzurichten."

"Sie übernachteten dort, weil Peer sie darum gebeten hatte, ganz ohne Aufsicht seiner Eltern feiern zu dürfen."

"Es wäre auch beim ganz harmlosen Strip-Poker geblieben. Aber wir tranken uns Mut an, und Peer kam auf die Idee, wer alles abgelegt hätte, könne ja noch weiterspielen, wenn er bereit sei, sich fotografieren zu lassen."

"Ich war so zugedröhnt, ich weiß gar nicht mehr, wann ich meine Unterhose auszog. Irgendwann fiel mir auf, dass Rika nackt neben mir saß und uns gegenüber Peers Freundin Hemma." Jörgen sah besorgt zu seiner Mutter. Er fügte in ihre Richtung hinzu: "Aber der hohe Tisch blieb immer zwischen uns."


Hanno berichtete weiter: "Und als wir alle nackt waren, schlug Folke verrückte Filmaufnahmen vor."

"Mister Sex war der jüngste, aber er wusste mehr über den ganzen Sexkram als wir anderen zusammen."

"Der bekam sogar einen Dicken."

Jörgen nickte.

139

"Einen strammen Penis?"

"Ja, Herr Kommissar."

"Der Kleine war der einzig nüchterne. Peer hatte darauf geachtet. Seine Eltern hätten ihm sonst ein Vierteljahr Internet-Verbot erteilt." Hanno schluckte plötzlich: "Ich habe eine ganz wichtige Frage, Herr Gantswig..."

Maike überlegte, ob sie ihr Plappermaul von Sohn erschießen oder vom Dach stoßen sollte. "Lennart könnte auffallen, dass Hanno gerade seinen familieninternen Spitznamen indirekt ins Gespräch einfließen ließ. Wie peinlich."


Bedrückt stellte Hanno seine Frage: "Die anderen Eltern, die von Peer und Folke, von Rike..." Er sah entsetzt zu Jörgen, der zuckte zusammen. "Und die von Hemma, werden die das erfahren?"

Kommissar Gantswig fasste sachlich zusammen: "Filme und Bilder erwecken den Eindruck von sexualisiertem Missbrauch und pornografischen Absichten. Nach euren Aussagen handelt es sich um eine außer Kontrolle geratene Geburtstagsfeier, bei der Alkoholmissbrauch eine wichtigere Rolle spielte als sexuelle Motive. Entscheidend wird sein, ob die anderen eure Angaben bestätigten."

"Dann werden es *alle* Eltern erfahren?"

"Ja."

"Ach du heiliges Arschloch."


"Liebe junge Männer, wer in eurem Alter Rum statt Milch trinkt, muss für die Folgen geradestehen. Die Polizeidirektion Bremervörde wird euren Eltern zwingend empfehlen, in eurem Fall ein halbes Jahr Internet-Verbot zu erteilen. Das zieht ihr doch sicher einem Jugend-Strafverfahren vor."

"Jugendstrafverfahren? Wir waren doch erst dreizehn, als wir Peers Geburtstag feierten."

"Seit sechs Monaten ist man in Europa ab dem zwölften Geburtstag strafmündig."

"Ach ja, das besprachen wir neulich im Fach *Demokratie*."

"Ich habe noch zwei wesentliche Fragen. Erstens dokumentiert ein Film sexuelle Gewalt. Schläge sind zu hören und qualvolle Schreie, dann gibt es Sequenzen mit roten und blauen Flecken und Striemen, auch Blut, das aus Wunden austritt."

Jörgen schüttelte ungläubig den Kopf: "Das kann nicht sein. Das haben Folke und Holm aus anderen Filmen dazu gemixt."

"Wer ist Holm?"

"Holm ist der ältere Bruder von Peer und Folke. Der ist 17."

"Mit dem begann alles. Als Peer uns zu seinem Geburtstag einlud, erzählte er augenzwinkernd, dass zum Holms 15. Geburtstag der und seine Freunde Strip-Poker gespielt hätten. Da meinten wir beide locker, bei Peers Geburtstag würden wir mitpokern.

Das machten wir. Nur was genau wir gemacht haben, daran kann ich mich nicht erinnern. Wir waren alle krass abgefüllt. Hanno und ich haben nur ein paar Bilder von unserem Strippoker gesehen. Und Rike ist endlos sauer auf mich."

Wieder pochte Maike Rupachs Dienst-Phone an. Die Information begann mit einem roten Band.

```
=========================================
```

Landespolizei Niedersachsen
  Bezirksdirektion Bremervörde – Information,
         11.58h
*Trecker am Tatort / Nähe Burweg / identifiziert*
  Überfall auf den Geldtransporter,  B 73, Burweg

Der Trecker, in dessen Nähe die Rakete auf den Geldtransporter abgeschossen wurde, ist identifiziert.

Er wurde heute früh um 6.12 Uhr in Kranenburg gestohlen gemeldet.

--- ---

```
=========================================
```

Maike flüsterte Lennart "Burweg" zu. Der nickte.

Hanno wunderte sich über seinen Bruder: "So voll warst du, Jörgen? Ich weiß noch, wie du dir selbst ordentlich auf den Hintern geklatscht und dann gestöhnt hast." Er sah zu Lennart Gantzwig. "Wir haben wirklich nur so getan, Herr Kommissar. Na ja, Jörgen und ich hatten noch zwei Tage später Probleme beim Sitzen. Aber das meiste war Schminke. Die Dettmers drehen öfter Grusel- oder Horrorfetzen.

Die haben einen großen Schrank mit Schmink-Utensilien im Keller. Und Masken und alles Mögliche. Da hatten wir auch die Handschuhe her."

"Du erinnerst dich an keine Misshandlungen?"

"Nein. Wir haben uns nur selbst geschlagen. Nur einmal, da bat Rike Jörgen, er solle ihre Brust beißen."

"Nein, bestimmt nicht, Hanno. Ich beiße doch nicht Rike, nicht einmal nach drei Flaschen Rum. Du warst du doch auch blau. Du spinnst dir bestimmt einige Dinge zusammen."

"Du hast Rike auch nicht gebissen. Hinterher zierte ein gewaltiger Knutschfleck ihre Brust."


"Die zweite Frage: Wie kamen die Filme in die Cloud der Familie Jensen aus Bliedersdorf?"

Jörgen druckste: "Können wir Ihnen das außerhalb der Befragung erklären?"

"Nein."

"Können Sie wenigstens Mutti rausschicken?"

"Nein. Sie ist als notwendige Zeugin anwesend."

Das Rot der Köpfe der Jungen nahm eine Intensität an, die Direktionskommissar Gantswig und Bezirks-Polizistin Rupach in Panik versetzten. Kippten die beiden gleich von ihren Stühlen?

Jörgen flüsterte: "Wir hatten, also *ich hatte* den Zugangscode für die Cloud der Jensens aus Muttis Arbeitsmonitor abfotografiert. Vor zwei Wochen.

Bitte, Mutti, entschuldige. Das war so daneben von mir.

Wir waren mit Georgieta, also Frau Müller, und Mutti im Mittelnkirchener PolTra unterwegs. Zur Inspektionsfahrt durch Apensen und Beckdorf. Mutti und Frau Müller waren abgelenkt, weil auf dem Hauptmonitor Bilder über den Scheunenbrand bei Fredenbeck gezeigt wurden."

Hanno unterbrach ihn. Er sah es als seine Pflicht an, einen Teil der Schuld zu übernehmen: "Ich hatte Jörgen auf den Eintrag der Nummer aufmerksam gemacht. Holm hatte Peer die Pistole auf die Brust gesetzt. Wenn Film und Bilder erhalten bleiben sollten, müssten sie außerhalb des Computernetzwerkes der Dettmers gesichert werden. Ihre Familie dürfe mit diesen Party-Schnipseln nicht in Verbindung gebracht werden. Sie würden in 36 Stunden automatisch gelöscht.

Naja, und dann wollten wir die Bilder eigentlich in unsere Cloud stellen. Aber dann sah ich in Muttis Doku-Monitor die Codenummer der Jensens. Ich zeigte Jörgen die Nummer, sagte "Peers Party" zu ihm und er war mit meiner Idee einverstanden."

"Wenn jemand in Muttis Dienst-Monitor auftaucht, ist er doch vermutlich schuldig. Dann können unsere Party-Schnipsel nicht viel mehr anrichten."

"Ekke Nekkepenn, ihr beiden! Gegen die Betreffenden wurde ein Verfahren wegen sexuellen Missbrauchs Minderjähriger eingeleitet. Die stecken in einer ganz bösen Falle."

"Und unser Zugriff auf Muttis Monitor?"

"Dafür muss sich eure Mutter verantworten. Alle Polizeibeamt*Innen sind für die Sicherheit der ihnen zur Verfügung gestellten Daten verantwortlich."

"Aber wenn sie ihre Arbeit verliert oder nur noch als Streifenhörnchen arbeiten darf?

Bitte, Herr Kommissar, wir waren die Übeltäter, nicht Mutti."

Kommissar Lennart Gantswig ließ die beiden gnadenlos zappeln: "Bedienstete der Polizeibehörden müssen die Daten vor Missbrauch sichern, auch vor der eigenen Familie oder Freunden."

Hanno brach in Tränen aus: "Mutti, das haben wir nicht gewollt!" Beide Zwillinge stürzten zu ihrer Mutter und umarmten sie.

Inspektor Gantswig kochte sie weiter: "Das ist nicht zu ändern. Eure Mutter wird abgemahnt und zu den Streifenhörnchen versetzt, wenn keine Kolleg*Innen für sie bürgen. Damit rechne ich aber, denn sie ist eine anerkannte Gemeinde-Polizistin.
Setzt euch bitte wieder hin. Die Vorfälle müssen protokollarisch sortiert werden."

Die beiden völlig aufgelösten Jungen setzten sich auf ihre Plätze. Inspektor Lennart Gantswig sah sie von oben herab an und fragte: "Peer Dettmer hatte euch zur Feier seines fünfzehnten Geburtstages eingeladen. Wenn noch?"

"Die ganze Klasse. Er ist der älteste."

"Die Feier verlief ohne seine Eltern und seinen älteren Bruder Holm. Die waren in Cuxhaven. Wollten alle beim Strip-Poker mitmachen?"

"Nein. Die meisten wussten zwar davon, aber mitmachen wollten nur die, die auch übernachteten. Alle anderen verließen die Party bis spätestens 22 Uhr."

"Jörgen, ich glaube nicht, dass Rike wirklich mitmachen wollte. Hemma und sie hielten das mit dem Strippen für pure Flunkerei von uns."

"Es blieben also Peer und Folke, Rike und Hemma, ihr beiden und wer sonst?"

"Nur noch zwei, Ingolf und Sergej."

"Wie heißen die genau?" - "Ingolf Lübber und Sergej Beumke, mit *e.*"

"Ihr wart zu acht, habt getrunken und gespielt. Wann etwa wart ihr alle nackt?"

"Das wird so anderthalb Stunden gedauert haben, bis gegen Mitternacht. Ich weiß nur, dass Folke schon nach 40 Minuten hüllenlos zwischen uns saß. Der verlor auch absichtlich."

"Ja, der kam gar nicht schnell genug aus seinen Kleidern."

"Und wann musstet ihr beide aus euren Unterhosen steigen?"

"Wir haben am nächsten Tag überlegt, wann das war. Aber wir wissen es nicht mehr. Wir waren obervoll mit Rum. Deshalb erinnern wir uns auch nur noch an Einzelheiten. Aber ob die stimmen..."

"Es war nur so, dass Folke das Kommando hatte. Er stellte uns hin, sorgte für Requisiten und Schminke, bediente meist die Kamera."

"Folke war Regisseur und Kameramann?"

"Der spielte auch mit. Die Kamera stand auf einem Stativ. Aber Dettmers haben eine Fernbedienung, mit der sie die Kamera schwenken und zoomen können."

"Die haben eine phantastische Ausstattung. Filmen ist das Hobby der ganzen Familie."

"Wie kamt ihr am nächsten Morgen nach Hause?"

"Vati holte uns ab. Wir logen ihm noch vor, dass Peers Eltern gerade zum Einkaufen gefahren seien. Denn er wollte sich noch bei denen bedanken. Er hatte extra ein kleines Geschenk für sie besorgt. Eine Flasche Rum. Mir wurde speiübel, als ich die Flasche sah."

"Mir auch. In meinem ganzen Leben trinke ich keinen Alkohol mehr!"

"Die Bilder und die Filme wurden von Holm und Folke zusammengestellt?"

"Ja, da strickten sie eine Woche dran."

"Ihre Eltern durften nichts mitbekommen und Holm sagte zu Peer, wir hätten oft rumgelallt oder gelacht und oft so gewankt, dass er das meiste wegschmeißen musste."

"Holm hatte aber wegen der übriggebliebenen Bilder und der zusammengestellten Filme Angst?"

"Nu, wir haben uns schon mal einen Pornostreifen angesehen..."

"Einen einzigen?", fragte Kommissar Gantswig dazwischen.

"Nur ein paar... Aber in den echten Pornos, das sind Erwachsene... Wir haben ja nur so getan als wären wir heiß und so."

"Dann habt ihr euch die Codenummer der Jensens aus dem Dienstmonitor eurer Mutter besorgt und euren Sex-Erstling in deren Cloud gestellt."

"Holm stellte alles in die Cloud. - Herr Kommissar, müssen Sie wirklich zu Dettmers gehen und den anderen Eltern? - Das gibt einen Orkan!"

"Der hat schon nebenan begonnen. Direktionspolizistin Hagemann hat inzwischen euren Vater informiert."

147

"Heiliges Arschloch!"

In Buxtehude hatten sie sich gesiezt, vor den Zwillingen und vor Torsten. Auf der Fahrt nach Bliedersdorf duzten sie sich wieder.

"Dein Mann war ja völlig durch den Wind, Maike."

"Sein Bild von der Heiligkeit der Familie erhielt durch das Verhalten *seiner* Söhne, also eigentlich unserer, einen grausamen Dämpfer. Er hat sich nicht vorstellen können, dass *seine* Kinder sich so weit von ihm entfernen."

"Entfernen? Also meine Eltern wissen bis heute nicht von so manchem Unsinn, den ihr einziger Sohn angestellt hat. Risiken eingehen gehört zum Erwachsenwerden. Nur so werden Kinder erwachsen."

"Welche Risiken bist du denn eingegangen, Lennart?"

In diesem Augenblick leuchtete auf den Monitoren die Informationsleiste auf. Mit grünem Band.

========================================

Landespolizei Niedersachsen
        Bezirksdirektion Bremervörde

-       Information, Stufe 2 -    13.31h

*Überfall auf den Geldtransporter,     B 73,  Burweg*

Verwendung des gestohlenen Treckers

Mit dem in Kranenburg gestohlenen Trecker wurde heute die Beute aus dem Überfall abtransportiert.

Noch nicht gesicherte Erkenntnisse: Zwei Täter sammelten neun Geldkassetten ein und transportierten sie in die Nähe von Bossel. Dort stiegen sie gegen etwa 12 Uhr in ein kleines Fluchtfahrzeug um. Fluchtrichtung wahrscheinlich Cuxhaven.

--- ---

========================================

"Inspektorin Regener sorgt für effektive Arbeit", stellte Maike bewundernd fest.

"Das weiß sie. Deshalb bewarb sie sich beim Bundeskriminalamt als Kommissarin. Die könnten sie nehmen", sagte Lennart. Dann ging er auf Maikes Frage seinem jugendlichen Übermut ein: "Meine Untaten zählen eher zum norddeutschen Standard. Saufgelage, Nachbars Kirschen oder anderes mitnehmen, St. Pauli inspizieren..."

"Also, irgendwie war ich ein braves Kind. Den heftigsten Krach bekam ich mit meinen Eltern, als unsere Clique sich einmal eine ganze Nacht verplauderte und ich Sonntagsmorgens erst wieder um elf Uhr nach Hause kam."

"Jugendliche müssen Grenzpflöcke neu setzen. Hanno und Jörgen haben zwar deutlich überzogen. Doch das lag am Sog der Ereignisse."

"Ihr Vater, mein Ex Torsten, hat bestimmt daran zu knacken, dass sie ihn nicht ins Vertrauen nahmen. Weder vorher noch nachher. Sie schwiegen auch, als sie wussten, dass wir kommen. Er denkt, wir sehen ihn als ahnungslosen Trottel an."

"Wer so liebt wie er; ich nehme an, er liebt ganz naiv, wird schnell zum ahnungslosen Trottel. Es gibt ein französisches Sprichwort: Halte alltags in der Familie beide Augen weit auf. Dann kannst du bei Problemen auch mal ein Auge zudrücken."

"Zum Thema Augen aufhalten: Hattest du nach unserer Beziehung noch weitere Lebensabschnittspartnerinnen, Lennart?"

"Es gab Beziehungen, Maike. Die letzte drösel sich gerade auf. Aber unser unstrukturierter Alltag überfordert auch gutwillige Partner."

Sie nickte. "Dazu gesellen sich die emotionalen Belastungen. Wie oft springen sie uns erst nach Ende der Dienstzeit an."


Wieder leuchtete die Informationsleiste auf, diesmal in grüner Farbe:

=============================================

Landespolizei Niedersachsen
Bezirksdirektion Bremervörde –
                Information, Stufe 2 -      13.42h

*Zwei Schlauchboote vor Lühesand*

Mitteilung des Motorschleppers „*Else XXI*", Reederei *Hamburg-Cuxhaven-Helgoland*


Der Steuermann Thorsten Jovers beobachtete gegen 11.40 Uhr, dass sich zwei Schlauchboote vom aus

Hamburg kommenden Containerfrachter „*Chantal Coletta Herrera*" [ Flagge: Panama ] in Richtung der Insel *Lühesand* bewegten.

An Bord waren einmal sechs und einmal sieben Personen; Frauen, Männer, 2 Kinder. – Die Schlauchboote hatten eine langsame Geschwindigkeit. Deshalb konnte Jovers nicht mehr beobachten, ob die Boote auch anlegten.

--- ---

=========================================

"Auf *Lühesand* gibt es einen schnuckligen Campingplatz", erläuterte Maike auf Lennarts fragenden Blick. "Ob da ein harmloser Familienausflug beobachtet wurde?"

"Vielleicht sind es Schmuggler? Oder illegale Einwanderer?"

"Der Frachter kam aus Richtung Hamburg. Da passt beides im Prinzip nicht."

"Und wenn zur Täuschung eine Volte geschlagen wird? Fragen wir mal nach, welche Route der Frachter zurücklegte, bevor er Hamburg anlief."

Lennart Gantswig tippte die entsprechende Anfrage an die Hamburger Hafenbehörde.

"Ist dieser Ausbruch pflichtgemäßer Routine bei dir nicht ein gutes Beispiel dafür, wie unser Privatleben durch den Polizeidienst schachmatt gesetzt wird?"

"Mir macht mehr zu schaffen, wie oft ich in emotionale Zwickmühlen gerate. Zum Beispiel würde ich im Gesprächs-Protokoll gerne auslassen, dass Jörgen und Hanno Zugriff auf *deinen* Dienst-Monitor hatten. Nur verlangen die Vorschriften, dass dieser Verstoß gegen den Datenschutz gemeldet werden muss." Seine Erläuterung war eine Frage.

Maike schüttelte den Kopf: "Du musst es melden. Die Frage, wie die Dateien in Jensens Cloud gerieten, wird schließlich auch von Staatsanwaltschaft und Richter*Innen gestellt werden. Und selbst, wenn die nicht fragen sollten, dann gibt es noch genügend blutjunge Beteiligte, die es irgendwie irgendwann irgendjemandem erzählen werden.

Sonnenstich und Hitzeblitz! Melde es, Lennart! Die Probleme stricke ich weg. Georgieta und ich haben, auch als Team, eine ordentliche Kette Pluspunkte. Der erklärbare Patzer mit dem familiären Datenleck wird mich nicht in den Streifendienst abrutschen lassen. So hoffe ich."


Als sie vor Jensens Anwesen aus dem PolTra 278 steigen wollten, leuchtete die Informationsleiste erneut auf. In roter Farbe.

========================================
Landespolizei Niedersachsen
      Bezirksdirektion Bremervörde – Information,
                    14.13h

*Entführter Dalmatiner „Chef"* - **Lastendrohne gefunden**


Das *Team1: Stade* fand in einer Kirschbaumplantage bei Schanzenhof die Lastendrohne, die vermutlich zum Abtransport des Lösegeldes „*Chef*" in Höhe von 120.000 Euro verwendet wurde.

Die Flugmaschine wird auf Spuren und Fingerabdrücke untersucht. Es handelt sich um eine Eigenkonstruktion mit fünf Rotoren, einem Greifer und zwei Sicherungs-hebeln.

Genaue Ergebnisse der KT-Untersuchungen werden heute Abend vorliegen.

--- ---


========================================

"Schanzenhof liegt doch kurz vor Stade", überlegte Maike. "Dann verfügte die Drohne über erstklassige Akkus. Geschätzte 13 Kilometer Flugstecke, in Luftlinie."

"Wenn die Akkus nicht zwischendurch gewechselt wurden."

"Oder die Täter legten die Drohne dort ab, um uns in die Irre zu führen."

Sara Jensen nahm die Botschaft, dass die Drohne aufgetaucht war, ohne sichtliche Erregung auf: "Wir sind glücklich, dass *Chef* wieder hier ist. Wie *Chef* gestern auf mich zusprang. Käme doch Wolter heute so durch die Tür! Alles andere ist egal. Ob sie Täter finden und irgendetwas von den 120.000 Euro, das spielt für mich keine große Rolle." Sie kraulte den Nacken des Dalmatiners.

"Sie ist glücklich, aber gleichzeitig belastet sie etwas. Ihre Augen widersprechen Gestik und Stimme. Da ist es kein Wunder, dass Maike ihr misstraut", dachte Direktionskommissar Lennart Gantswig. "Wenn die Wahrheit ans Licht kommt, ist das gut für uns. Doch am meisten wird Frau Jensen davon profitieren."

*Chef* schien unter der Hitze zu leiden, sicher kämpfte sein Körper auch mit Nachwirkungen des Betäubungsmittels.

Mit heraushängender Zunge lag der große Dalmatiner neben der Couch und vermied jede Bewegung. Seine Herrin sah Maike Rupach mitfühlend an: "Der Tierarzt meinte, in zwei Tagen werde er wieder fit sein. Aber sie sind mindestens so kraftlos wie *Chef,* Frau Bezirks-Polizistin!"

Sara Jensen holte ein Glas und schüttete eine rote Flüssigkeit ein. Aufmunternd stellte sie das Glas auf den Tisch: "Trinken Sie, das ist kein Alkohol im Dienst. Das, so attestiert ganz amtlich der medizinisch-psychologische Dienst, ist belebender Kirschlikör. An dem nippe ich auch immer, wenn ein Tiefpunkt erreicht ist. Wie geht es denn Frau Müller?"

Maike Rupach sagte: "Vielen Dank, das ist ganz lieb gemeint von Ihnen, aber ich bin vollgepumpt mit einem hochdosierten Medikament." Sie schob das Glas in Sara Jensens Richtung zurück. "Georgieta Müller muss mehrfach operiert werden. Beim letzten Anruf legten die Heilpfleger*Innen sie auf den dritten OP-Tisch. Es sieht nicht gut aus. Frau Müller hat innere Verletzungen, Knochenbrüche und verlor jede Menge Blut."

"Hat sie Rückhalt, eine Familie?"
"Müllers haben drei Töchter, fünf, sieben und neun Jahre alt."
"Und weitere Bodenhaftung?"

Maike nickte energisch: "Sie haben Verwandte, Freund*innen, Kolleg*innen, sind auch stark in ihrer Kirchengemeinde engagiert."

"Kirche? Hoffentlich läuft es da positiv. Fromme Gemeinden sollen manchmal eine Vorübung für die Hölle sein."

"Georgieta und Sönke Müller haben viele Freunde und sind in Buxtehude bestens vernetzt. Sie werden von vielen Seiten Unterstützung erfahren", meinte Kommissar Gantswig.
Er schaltete auf das dienstliche Thema um: "Frau Jensen, wir müssen Ihnen noch eine Reihe wichtiger Frau-gen abklären. - Sie erfuhren wirklich erst heute, nach dem Anschlag, dass Ihre Limousine vor drei Nächten gestohlen wurde?"

"Ja, Fahrzeug-Meisterin Bele Friedrich gestand mir kleinlaut, sie habe gehofft, der Wagen werde irgendwann mit leergefahrenem Tank gefunden. Vom Diebstahl wollte sie mir erst erzählen, wenn unser Oldtimer wiederaufgetaucht wäre. Schließlich sei ich durch das Verschwinden meines Mannes genug belastet. So kurzsichtig das war, ihre Absicht tat mir gut."

Auf Maikes Dienst-Phone lief eine Nachricht auf. Mit grünem Band.
=========================================
Landespolizei Niedersachsen
Bezirksdirektion Bremervörde   -Information Stufe 2 -
14.48h


*Beobachtung aus Twielenfleth: zwei Personengruppen*
*12.35h*

Möglicher Zusammenhang mit den auf der Elbe um 11.11 Uhr beobachteten Schlauchbooten

155

Anruf eines Herrn York Möllern, Elbestr. 2

Aus Richtung Lühesand seien mit einer Viertelstunde
Abstand zwei Personengruppen gekommen. Sie waren
schlicht gekleidet und bewegten sich, als sei die Hitze
völlig normal für sie. Fast alle trugen Sonnenbrillen. Der
Färbung der Haut nach schienen sie einen Urlaub im
Süden hinter sich zu haben.

Die erste Gruppe, etwa fünf, sei in den Minibus Richtung
Stade gestiegen, die zweite Gruppe, auch etwa fünf, in den
Minibus in Richtung Hamburg. – Zu jeder Gruppe gehörte
ein Kind.

Auf auffälligsten sein gewesen, dass die Gruppen sich an
den Bushaltestellen gegenüberstanden und so taten, als
sähen sie die andere Gruppe überhaupt nicht. Zitat Herr
Möllern: *„Sie wollten wohl vortäuschen, dass sie sich
nicht kennen."*
--- ---
========================================

"Da stimmt einiges nicht, aber wir haben keine Kräfte, die
sich damit befassen können", ärgerte sich Maike im Stillen.

"Und den Hamburger Kollegen die zweite Gruppe zu melden, macht auch keinen Sinn. Die könnten nämlich bereits
in Buxtehude aussteigen. Die Hamburger finden Fehlalar-
me überhaupt nicht spaßig."

Sara Jensen sprach weiter: "Es ist eine Tragödie, dass unser Oldtimer so missbraucht wurde. Herr Kommissar, die

Polizei besucht uns zurzeit täglich. Eigentlich könnte Ihr Revier in unser Anwesen verlegt werden. Aktuell ermitteln Sie wegen der Attacke mit unserer gestohlenen Oldtimer-Limousine, davor wegen der Fliegerleiche im Wirtschafts-gebäude, der Wasserleiche in Kroatien, der Drogenkuriere, meines verschwundenen Mannes. Fehlt noch etwas?"

"Sie muss noch über die Pornografie-Clownerie in Kenntnis gesetzt werden", fiel Maike Rupach mit Schrecken ein.

Kommissar Gantswig blickte Sara Jensen nachdenklich an: "Halten Sie diese Anhäufung für Zufall?"
Sie zögerte nicht mit der Antwort: "Zurzeit läuft einfach alles gegen uns."
"Manchmal helfen Stürme, die Wahrheit ans Licht brin-gen", warf Maike ein.
Sara Jensen nippte an dem Glas, das sie der Bezirks-Poli-zistin angeboten hatte: "Es gibt Schluchten, die so tief sind, dass kein Sonnenstrahl ihren Grund erreicht."

Sie stand auf, ging zum Salzburger Küchenschrank und kam mit einem dicken, großen Album zurück: "Jedoch fand ich in unserem Familienarchiv uralte Zeitungsausschnitte, die möglicherweise Licht in die Sache mit der englischen Offiziersleiche bringen."

Auf dem ledernen Einband stand mit silbernen Buchsta-ben: *Jensen 1947 - 1957.*

Sara Jensen schlug einen Zeitungsartikel vom 18. Mai 1955 auf: *"Vor zehn Jahren starb Wilm Jensen"*

Nachdem Lennart und Maike ihn gelesen hatten, notierte Lennart den Inhalt in einem Protokoll.

"Am 18. Mai 1945, zehn Tage nach dem Ende des 2. Welt-kriegs starb im Alter von 35 Jahren der Großbauer Wilm Jensen an einer Sepsis. Er hinterließ eine Frau und vier

Kinder. Die Engländer hatten geplant, ihn in Buxtehude als Bürgermeister einzusetzen. Denn er hatte [ mit Hilfe eines englischen Kriegsgefangenen, der als Knecht an seinem Hof aushelfen musste ], vier englischen Fliegern geholfen, unterzutauchen, nachdem sie über dem Alten Land abgestürzt waren.

Der englische Knecht wurde zwei Tage vor Kriegsende von deutschen Militärpolizisten erschossen. Wilm Jensen starb völlig überraschend und konnte seine Geheimnisse nicht mehr verraten. Den vier Fliegern, die sie gerettet hatten, hatte der englische Knecht berichtet, dass ein abgestürzter Flieger an seinen Wunden gestorben war."

Eine nächste Information lief ein. Mit rotem Band.

=========================================

Landespolizei Niedersachsen
Bezirksdirektion Bremervörde- Information -  14.59h


*Fluchtfahrzeug    Raubüberfall bei Burweg, B 73*


Der zur Flucht verwendete Terzett wurde in Cuxhaven gefunden. Er hat das Kennzeichen HB FL 1011 und wurde vor einem Monat als gestohlen gemeldet. Alle Koordinaten- und Verkehrs-Kennungen waren abgeklemmt.

Die Täter*Innen stellten ihn auf dem Parkdeck eines Parksilos ab, dessen Sicherheitskameras seit zwei Tagen außer Betrieb sind.

Im Fahrzeug lagen drei der entwendeten Geldkassetten, noch ungeöffnet.

Die Suche nach weiteren Spuren und Fingerabdrücken ist noch nicht abgeschlossen.

--- ---

==========================================

Kommissar Lennart Gantswig lächelte und dachte: "Wenn die Truppe weiter so zügig arbeitet, haben die den Fall gelöst, bevor ich den Tatort gesehen habe."

Der Direktionskommissar protokollierte noch den Schluss des Zeitungsartikels.

"1952, sieben Jahre nach Kriegsende, wurde im Torfvorrat der Jensens die Leiche eines noch im Januar 1945 abgeschossenen englischen Fliegers gefunden."

Sara Jensen kommentierte: "Kann es sich mit der Issendorfer Leiche aus dem Torfkämmerchen nicht ähnlich verhalten? Sie stammt aus dem Jahr 1944. Damals gehörten das Gebäude und das Gelände unserer Familie. Vielleicht wollte Wilm Jensen den Verwundeten verstecken, doch der starb aufgrund seiner Verletzungen. Dann musste Wolters Großvater die Leiche verstecken, damit ihm nichts bewiesen werden konnte."

"Das klingt plausibel. Es kommt ins Protokoll. Auch ihre Angaben zum Diebstahl der Limousine werden eingetragen und überprüft."

Auf der Fahrt nach Burweg, mit Blaulicht und Martinshorn, rief Maike Rupach ihren Ex-Mann an. "Hallo, Torsten, hier Maike. Wie geht´s?"

"Hier herrscht Funkstille. Absolut. Die Jungen müssen bis morgen früh auf ihren Zimmern bleiben und haben Kontaktverbot. Jörgen liegt mit einer Decke auf dem Boden und hört Musik, Hanno sitzt am Tisch und zeichnet. Musikinstrumente."

"Und du, Torsten?"

"Ich ballere in einem Shooter-Spiel alles weg, was sich bewegt. Habt ihr Nachrichten über Georgietas Befinden?"

"Keine guten. Es sieht übel aus. Sie haben ihren Mann und die Kinder wieder nach Hause geschickt und sie auf morgen Abend vertröstet. In der Klinik folgt eine Operation an Georgieta der nächsten."

"So brutal war der Unfall?"

"Für Georgieta war alles noch heftiger, als wir anfangs meinten."

Inspektorin Wiebke Regener trafen sie am Ort des Überfalls. Die B 73 war bei Burweg in beide Richtungen gesperrt, 14 PolTras standen in langer Linie am Straßenrand, dahinter drei unterschiedlich große Zelte. Die Umgebung des Tatorts schien sich in den Ort eines Happenings verwandelt zu haben. Denn auf dem Gelände bewegten sich zeitlupenartig 30 KT-Expert*Innen in weißen, roten und blauen Vollkörper-Schutzanzügen.

Wiebe Regener briefte Lennart und Maike: "Wir sind hier seit 10.40 Uhr im Einsatz. Aus den bisherigen Spuren ergeben sich zwei auffällige Fakten. Die Tätergruppe bestand vermutlich nur aus vier Personen. Alles war akribisch vorbereitet, nur nicht der Abtransport die Beute. Der verlief stümperhaft. Eine gewagte Hypothese wäre, dass dieser Überfall nur eine Übung für einen ganz großen Coup war."

Die Zusammenfassung der Inspektorin wurde durch Informationen auf den Dienstphonen unterbrochen. Mit grünem Band.

=========================================

Landespolizei Niedersachsen
Bezirksdirektion Bremervörde – Information,  Stufe 2  -
15.30h


*Beobachtung Busbahnhof Stade*

*Auffällige Personengruppe*                 *14.54h*

[ Zusammenhang mit Beobachtung in Twielenfleeth / Anruf Herr Möllern; 12.35h – sowie: Beobachtung Lühesand; 11.11h]


Eine Personengruppe, vielleicht südamerikanischer Herkunft [ drei Frauen, zwei Männer, ein Junge; etwa 12 Jahre] hatte um 12.49h den Minibus aus Twielenfleeth verlassen und ging in die Stadt.

Um 14.15h kam sie zum Busbahnhof zurück. Jede der sechs Personen trug einen prall gefüllten Reisekoffer und einen Rucksack. – Zwei Anfragen in Läden ergaben, dass die Gruppe viele hochpreisige Kleidungsstücke gekauft und bar bezahlt hatte. [ Es wurde angeregt, die Scheine auf eventuelle Registrierungen prüfen zu lassen. ]

Die Gruppe nahm um 14.34h den Schnellbus in Richtung Hamburg. Alle buchten Fahrten bis zur Endstation *Hamburg Neuer Hafen.*

Ihrem Verhalten nach scheinen sich die Personen erst seit einem oder zwei Tagen in Deutschland aufzuhalten.

**Die Meldung erfolgte durch die Aufsicht des Busbahnhofs Stade** – [ Frau Saskia Groet ]

--- ---

========================================

Denen muss die Hitze das Gehirn aufgeweicht haben", überlegte Maike Rupach. "Sie kommen mit einem Containerschiff aus Hamburg, fahren mit zwei Schlauchbooten auf ein Elbinselchen und bilden dort zwei Gruppen.

Eine nimmt den Minibus nach Stade, kauft dort Koffer, Rucksäcke und Berge von Kleidung und fährt anschließend zurück nach Hamburg. Welche Methode steckt hinter diesem Wahnsinn?"

"Wir müssten wissen, was genau in den Koffern steckt." Kommissar Gantswig wandte sich an Inspektorin Regener: "Pardon, aber heute bellen unsere Dienstphone in Zehn-Minuten-Takt, Wiebke. Galt das Interesse der Täter hier vielleicht weniger der Beute als den Wächtern? War das kein Überfall, sondern ein gezielter Tötungsakt?"

Inspektorin Wiebke Regener antwortete: "Auch das wäre möglich. Aber zurzeit konzentrieren wir uns auf die Dokumentation der Spuren. Die Explosion zerstückelte alles, *wirklich alles,* und zerstreute es in *alle* Richtungen.

Indizienketten knüpfen wir erst, wenn die Spuren gesichert sind. Aktuell kann ich Ihnen die Reste des Geldtransporters präsentieren."

Während Kommissar Gantswig überlegte, entschied Maike: "Das dürfte das praktischste sein. Bei den heutigen Temperaturen dürften die Akkus unserer Kühlhelme rasch verbraucht sein, Lennart"

Inspektorin Wiebke Regener registrierte, dass die Bezirks-Polizistin und ihr Kollege sich duzten. Insgeheim stellte sie sich die Frage: "Wissen beide, worauf sie sich einlassen? Wie kann man ein neues Haus bauen wollen, wenn die alten noch nicht abgerissen sind?"

Die Exkursion zum Tatort und seiner Umgebung begann. "Die Rakete hatte nach erster Analyse der beiden Bremer Sprengstoffexpertinnen *Samtex ultraplus* geladen. Der Geldtransporter war die brandneueste Konstruktion fahrbarer Tresore.
Beim Duell der beiden Systeme gewann die Rakete. Sie zerfetzte den Transporter so wie ein Vorschlaghammer eine Sahnetorte. Auch die Körper der Transportbegleiter atomisierte sie in ihre einzelnen Knochen."
"Deshalb das große Zelt mit dem roten Kreuz?
"Ja. Die KT-Gruppen bringen gefundene Knochensplitter dorthin, und die Pathologen der Bundeswehr ordnen diese Reste den fünf Leichen zu."

"Im Prinzip sind beides Arbeiten für Sträflinge und Zuchthäusler. Ich bin heilfroh, dass wir allerhöchstens genötigt werden, ein Blick auf die Endergebnisse zu werfen."

"Für die Angehörigen ist gut, dass sie die Opfer nicht identifizieren müssen. Dafür reichen Teile der Gebisse und DNA-Proben."
"Frau Wredts Team kam vor einer Viertelstunde mit einer neuen Erkenntnis. Die Täter schossen auch vier Nebelgranaten ab und zwar nach der Zerstörung des Geldtransporters. Eine schossen sie vor ihn, die zweite hinter ihn, und mit der dritten und vierten nahmen sie möglichen Beobachtern die Sicht auf das Feld mit dem Traktor."

Sie gingen im Gänsemarsch weiter, Inspektorin Regener voran. Überall lagen Splitter der unterschiedlichsten Größe. "Ich nehme an, das wurde alles fotografiert?", vergewisserte sich Kommissar Gantswig.

"Die Umgebung wurde im Umkreis von 300 Metern von einer Drohne mit einer 3-D-Kamera fotografiert und von einer zweiten Drohne jeweils im Winkel von 45°, 60° und 75° gefilmt.
Frau Wredt und die beiden Auswerter von Luftbildern bestimmten jeweils, welche Teile zuerst ins Asservatenzelt gebracht werden sollten, abgesehen von den Leichenteilen."

"Irrtümer dabei nicht ausgeschlossen."
"Natürlich nicht."

Sie erreichten einen Punkt, etwa 80 Meter von der B 73 entfernt. "Hier stand der Traktor. Sie hatten ihn mitsamt eines Pfluges aus einer Scheune in Kranenburg entwendet.

Der Bauer hatte nichts davon bemerkt, denn er schlief seinen Rausch aus. Gestern Nachmittag hatte seine Frau im Krankenhaus Stade eine Tochter geboren. Die Kleine ist das erste Kind des jungen Ehepaares.

Den Pflug setzten die Diebe dort hinten ab, 150 Meter weiter und knapp 30 Meter neben der B73. Verborgen von einem Gebüsch." Inspektorin Wiebke Regener wies in Richtung Nordwesten. "Auf das Gestell des Pflugs montierten sie die Lafette für die Rakete und die Nebelgranaten."

"Der Traktor wurde inzwischen gefunden?", vergewisserte sich Maike.

"Ja, auf einem Feldweg südlich von Bossel. Übrigens fanden wir am Tatort 71 Geldkassetten oder ihre Reste. Die Täter nahmen höchstens neun Kassetten mit. Sie griffen einfach nach denen, die in der Nähe des Traktors lagen.

Frappierend ist das Verhältnis zwischen dem Aufwand, den die Raubmörder betrieben haben müssen, und der lächerlichen Beute, mit der sie sich begnügten. Dem Überfall gingen wochenlange Planung und Vorbereitungen voraus.

Die Täter beschafften sich Informationen über eine spezielle Geldlieferung, suchten einen geeigneten Platz für den Überfall, besorgten eine spezielle Rakete mit passender Lafette, sowie einen noch spezielleren Sprengstoff, plus vier Nebelgranaten... Beim Überfall ermordeten sie fünf Menschen. Zu guter Letzt begnügten sie sich mit neun von 80 Geldkassetten. Was stimmt da nicht und warum?"

"Vielleicht kamen die ersten Zeugen auf der B 73 zu früh? Oder steckte in den mitgenommenen Kassetten mehr als 400.000 Euro? Goldbarren oder Schmuck?"

Direkt neben der Straße stand das Organisationszelt. Hier gab es neue Kühlhelme, und die erste Auswertung der brisantesten Spuren. Für das Trio waren Getränke und Verpflegung das Wichtigste. Danach nutzen sie die Gelegenheit, Hände, Arme und Füße zu kühlen, sich bei angenehmen 30° C einmal hinzulegen mit einem Kühlkissen auf Brust und Bauch.

Nach der notwendigen Pause gingen sie zum Pflug. Dessen Pflugscharen steckten tief im Boden. So hatten die Verbrecher keine Probleme mit dem gewaltigen Rückstoß der Rakete. "Diese Brutalos nutzen alle Tricks zum Verwischen ihrer Spuren", erläuterte Inspektorin Wiebke Regener, "Wir stellten fest, dass hier zwei weitere Täter zugange waren. Nach dem Abschuss der Rakete und der Nebelgranaten gingen sie nicht zum Traktor, sondern diesen Wirtschaftsweg entlang."

Die drei folgten dem Weg, wieder im Gänsemarsch. Sie erreichten eine Weggabelung. "Hier schütteten die Killer eine Gewürzmischung aus, die Nasen von Spürhunden für einen Tag lahmlegt. Für zwei unserer vier Spürhunde endete ihr Dienst hier. Die beiden anderen nahmen in gebührendem Abstand erneut die Spuren der Täter auf. Die gingen, jeder für sich, bis zur nächsten Minibushaltestelle."

Neben der Haltestelle lag ein Parkplatz mit acht Einstellplätzen. Drei waren von Terzetts belegt. "Jeder der beiden Täter ging zur Haltestelle, dann zur Straße, auch zur gegenüberliegenden Seite und zu jedem einzelnen Einstellplatz. Wir können nicht mehr feststellen, ob sie den Minibus nahmen oder von einem Transporter abgeholt wurden oder ob sie hier einen Terzett stehen hatten.
Wir spielen auch die Möglichkeit durch, dass beide hier getrennte Fluchtwege einschlugen. Entsprechend arbeiten drei Verfolgungsteams. Eines wertet die Straßenkontrollen aus, eines kümmert sich um die in Frage kommenden Minibusse.

- Ach ja, natürlich hielt genau hier neun Minuten nach dem Abschuss der Minibus aus Kranenburg. Da war die Straße noch nicht gesperrt. Nach Fahrt-Protokoll des Minibusses wurde die Öffnung der Eingangstür von außen angefordert. Das muss nicht heißen, dass jemand eingestiegen ist.

Das dritte Team kümmert sich um die geparkten Fahrzeuge. Hier dürfte es eine heiße Spur geben. Einer Zeugin fiel ein Hamburger Terzett auf. Der gehört einer Verleihfirma. Dort wurde er vor fünf Tagen mit falschen Papieren angemietet, aber für eine Woche im Voraus eine Kaution hinterlegt. Heute Nacht wurden die Positions-Systeme ausgeschaltet."

Kommissar Gantswig nickte Inspektorin Regener zu: "Sie haben die Auswertung des Tatorts und die Verfolgung der Spuren erstklassig organisiert. So, wie es die Vorschriften verlangen."

"Für Fälle wie diesen mussten wir sie auswendig lernen", antwortete sie.


Im PolTra 278 legten Lennart Gantswig und Maike Rupach die Kühlhelme ab. Ganz kurz mussten sie mit Schwindelgefühl kämpfen. "Wir trugen schon seit zwei Stunden Helme auf dem Kopf. Noch längere Tragezeiten wären vermutlich ungesund.
- Aber mir geht etwas durch den Kopf, Lennart. Als Folge eines Überfalls und eines Unfalls ist die ganze Polizei der Direktionen Bremervörde und Cuxhaven im Einsatz; unterstützt von Hamburger und Bremer Kräften, sowie der Bundeswehr."

"Das ist doch logisch. Herausragende Kapitalverbrechen ziehen hohen Ermittlungs-Aufwand nach sich."

"Was wäre, wenn genau das, die Bindung so vieler Polizeikräfte, die *eigentliche* Absicht ist? Der Aufwand zur Klärung zweier außergewöhnlicher Kapitalverbrechen könnte uns daran hindern, auf eine weitere geplante Tat aufmerksam zu werden. Vielleicht geschieht genau jetzt und genau hier der entscheidende Coup, und wir bemerken das erst morgen oder noch viel später."

Lennart Gantswig schüttelte den Kopf: "Dazu müsste eine komplette Mafiaorganisation auf Trab gebracht werden, Maike." Sie setzten sich vor die Computer und sahen sich Livebilder von der Auswertung der Gegenstände an.

Eine Technikerin öffnete eine Kassette, nahm alle Geldscheine heraus, sortierte und zählte diese. Maike sah den Geld-stapel neben den Technikerinnen. "Das meiste von den drei Millionen haben die sichergestellt. Bestimmt."

Kommissar Gantswig stellte auf dem Hauptmonitor alle Meldungen aus Stade zusammen. "Maike, lass uns deine

167

Theorie durchspielen. Nehmen wir an, die Täter wären so dreist, dass sie nicht hinter unserem Rücken handeln, sondern vor unseren Augen. Zum Beispiel in Lühesand." Beide lachten. Endlich gab es eine Gelegenheit dazu.

"Okay, Lennart! Nehmen wir an, das eigentliche Verbrechen war der Einkauf in Stade. Aber wenn es heute keinen Feierabend für uns gibt, brauche ich die nächste Dosis A*S*E!"

Mit Blaulicht und Martinshorn fuhren sie in Richtung Hamburg und baten ihre Kollegen dort um die Überprüfung der *Passagiere aus dem Schlauchboot.* Der Schnellbus *Cuxhaven - Hamburg* hatte vor zehn Minuten die Haltestelle *Hamburg Harburg* verlassen und steuerte auf die Endstation *Hamburg Neuer Hafen* zu.

Ein Hamburger PolTra stoppte ihn: "Da funktioniert ein Bremslicht nicht." Der Fahrer ging mit der Polizistin nach hinten. Plötzlich umstand eine Polizeikette den Bus, und alle Passagiere wurden kontrolliert. Die *Passagiere aus dem Schlauchboot* wiesen mexikanische Pässe vor. Sie wurden aufgefordert, mit ihren Koffern und Rucksäcken den Bus zu verlassen und zur nächsten Polizeidirektion abtransportiert.

Um 17.50 Uhr informierte die Hansestadt-Hamburg-Kommissarin Ragna Heien das *Team111: MiKi.* Beide hatten gerade die Polizeidirektion Hamburg erreicht.

HH-Kommissarin Ragna Heien fragte mit hochgezogenen Augenbrauen, warum die Bremervörder ihren PolTra nicht in Harburg abgestellt hätten? Mit dem Minibus wären sie genauso schnell hier gewesen und mit geringerem ökologischem Fußabdruck.
Maike ließ sich erschöpft auf einen Stuhl fallen: "Gestern Abend musste mir ein Anti-Schock-Elixier verabreicht werden. Heute Morgen drängte eine Limousine unseren PolTra

absichtlich in einen Graben ab. Der überschlug sich, und die Überlebenschancen meiner Kollegin, die am Steuer saß, sind gering. Ab 10.40 Uhr befragte Kommissar Gantswig meine 14-jährigen Zwillinge, ob sie Opfer sexualisierten Missbrauchs waren. In diesem Zusammenhang steht auch mein Ex-Mann unter Verdacht.

Über Mittag ermittelten wir bei der Eigentümerin des Wagens, der uns gerammt hatte. Weiterhin wurde in einem alten Gebäude der Familie der Verdächtigen eine Leiche gefunden; hinter einer Mauer, in einem winzigen Kämmerchen voller Torf.

Heute Nachmittag fuhren wir in Richtung Cuxhaven zum Tatort eines Raketen-Überfalls. Opfer waren fünf Transport-Begleiter, deren Körper zerfetzt wurden. Pathologen versuchen, Ordnung in das Wirrwarr der Knochen zu bringen.

Der Raubmord wurde mit ungeheurem Aufwand vorbereitet. Dagegen war die Beute minimal. Wir überlegten und folgerten, dass beide Kapitalverbrechen vielleicht von einer ganz anderen Aktion ablenken sollten. Zum Beispiel könnte eine Gruppe von Menschen nach Deutschland eingeschleust werden.

Diesen Verdacht leiteten wir an Sie weiter, setzten uns am späten Nachmittag bei 42° Celsius in unseren PolTra und fuhren los. Jetzt wären wir Ihnen dankbar, wenn Sie uns zwei Eimer Kaffee vorsetzen könnten. Ihre Vorwürfe wegen Energieverschwendung können Sie gern als Aktenvermerk an die Landespolizei Niedersachsen schicken. Brauchen Sie die Adresse?"

Kommissarin Ragna Heien schluckte: "Sonnenstich und Hitzeblitz! Ich hätte Ihnen gern einen besseren Tag gestrickt. Und unserer Zusammenarbeit einen besseren Start." Kurz darauf saßen sie bei drei großen Pötten Kaffee zusammen.

"Wir wissen noch nicht genau, was wir da eingefangen haben, aber Ihr Hinweis muss ein Volltreffer sein. Die aufgegriffenen sechs Personen hatten zwar mexikanische Papiere. Aber es steht mit Sicherheit fest, dass sie keine Mexikaner sind, obwohl sie originale mexikanische Dokumente vorweisen konnten. Die Organisation, die die sechs losschickte, hat lokale Behörden so im Griff, dass sie diese Papiere bekam.

Der einzige Fehler, der beim Ausstellen der Dokumente passierte, war, dass Namen von Mordopfern verwendet wurden. Ständen Namen normaler Toter in den Pässen, hätte der Zentralcomputer die Papiere wohl als gültig gemeldet.

Alle sechs waren unbewaffnet. Der Abgleich ihrer Fingerabdrücke ergab bisher keinen Treffer. Sie hatten nur ihre Tageskleidung am Leib, allerdings müssen sie mit etwa 25.000 Euro auf Lühesand angekommen sein.

Und die Erwachsenen besaßen Kreditkarten einer skandinavischen Bank, bezogen auf ihre mexikanischen Namen. Die Gruppe verweigert jede Auskunft, auch der 12-jährige Jugendliche."

"Wie kommen Sie darauf, dass es keine Mexikaner sind?"

"Zurzeit haben wir fünf mexikanische Polizist*Innen im Interpol-Austausch hier. Ihren Pässen nach stammen alle sechs aus der Hauptstadt Mexiko. Doch unsere mexikanischen Kolleg*Innen sagen, dieses Spanisch spreche man nicht in Mexiko. Sie vermuten, unsere Gäste stammen als Kolumbien."

"Was ist mit der zweiten Gruppe? Die muss Hamburg wesentlich früher erreicht haben."

"Die erreichte Hamburg-Harburg mit dem Minibus aus Stade, der über Twielenfleth fuhr. Von dort fuhr sie nach Hamburg-Rathaus, verfiel ebenfalls einem Kaufrausch und checkte in einem Hotel an der Binnenalster ein. Dort stören wir sie gerade beim Abendessen."

Die beiden Kommisar*Innen und die Polizistin sorgten noch für direkte Informationskanäle zwischen den Direk-

tionen Hamburg und Bremervörde. Direk-tionskommissar
Lennart Gantswig und Bezirks-Polizistin Maike Rupach
durften sich eine ganze Stunde lang in der Klimakammer
der Hamburger Polizeidirektion bei sensationellen 25°
Celsius entspannen.
Während der Rückfahrt des PolTra 278 nach Mittelnkirchen
verließen sie sich voll und ganz auf die kybernetische
Steuerung. Kommissarin Heien hatte ihnen zum Abschied
noch das Versprechen abgerungen, ab sofort innerhalb
Hamburgs stets Minibusse zu nutzen.

Kaum saßen sie im PolTra 278, als eine Information einlief.
Mit grünem Band.

==========================================

Landespolizei Niedersachsen
Bezirksdirektion Bremervörde – Information, Stufe 2  -
                                    19.18h

Innenministerium der Republik Kroatien

Staatspolizei Kroatien                 über Interpol


*Kriminelle Organisation „VIER"  -*
*Bankkonten/Fahndung*


1.   Bankkonten

der Organisation *VIER*  konnten bei sieben Banken beschlagnahmt werden [ Je zwei in Österreich, Italien, der
Schweiz, eines in Serbien ].

2.  Gefahndet wird

nach dem Buchhalter der Mafia-Organisation *VIER*.

Der Geschäftsmann **Darian Zlataric** [ 38 Jahre alt ]

ist 1,84m groß, 80 kg schwer [ Fotos: Anlage IV #19 ]

--- ---
==========================================

Gleich darauf lief eine Information des europäischen Wetterdienstes über die Monitore, eine Warnmeldung für Schleswig-Holstein. Innerhalb weniger Stunden seien Regenmengen bis zu 600 mm zu erwarten.

"Erinnerst du dich noch an das Unwetter vor zwei Jahren hier im Alten Land?"

"Allerdings. Unsere Polizeidirektion Bremervörde wurde geflutet. Der Umbau letztes Jahr wurde bis zu einer Wasserhöhe von 950 mm trocken gestrickt."

"Wie lange wird diese Höhe als sicher gelten, Lennart? Für die Generation vor uns galt eine Steigerung des Klimas um 2° Celsius als Schreckgespenst. Wir leben jetzt schon mit einer aktuellen Klimaerhöhung um 3,3° Celsius."

"Vor kurzem meldete Euroklima, dass die Niederlande im nächsten Jahrzehnt ein Drittel ihrer Landfläche verlieren werden und Deutschland seine Nordsee-Inseln. Weltweit werden 350 Millionen Menschen ihre Heimat wegen des steigenden Meeresspiegels verlassen müssen."

"Wobei sich bis 2100 die Durchschnittstemperaturen um 4,2° Celsius erhöhen werden. Unsere Zivilisationen benötigen Antworten auf die ganz anderen klimatischen Bedingungen. Wassergewinnung und Wassernetz sind eigentlich nur noch Ideen von gestern."

Kurz vor der Ankunft in Mittelnkirchen lief über die Dienstphone eine Information. Mit grünem Band.

==============================================

Landespolizei Niedersachsen
Bezirksdirektion Bremervörde – Information, Stufe 2 -
19.55h


Polizeipräsidium der Freien und Hansestadt Hamburg


*Gruppe* Mexiko-Lühesand-Stade – *Sprache:*
*Kolumbianisch*

Sprachproben aller sechs Mitglieder der Gruppe *Mexiko-Lühesand-Stade* wurden Mitarbeitern des hiesigen kolumbianischen Konsulats vorgespielt. Alle Gruppenmitglieder hätten versucht, mexikanisches Spanisch zu sprechen. Doch bestimmte Akzente lassen darauf schließen, dass die Gruppe mit Sicherheit aus Kolumbien kommt.

Mit kolumbianischen Behörden werden Kontakte zwecks Identifizierung aufgenommen.

--- ---

==============================================

"Ist die illegale Einreise das Mega-Verbrechen des heuti-
gen Tages?", fragte Lennart.
Maike murmelte: "Und in welcher Verbindung steht es zu
Sara Jensen?"

Keine Viertelstunde nach ihrer Ankunft schlief Maike
wieder tief und fest. Lennart sortierte halbwach die ein-
treffenden Informationen.

Die erste zeigte die Informationsleiste mit einem roten
Band an.

==========================================

Landespolizei Niedersachsen
Bezirksdirektion Bremervörde   -  Information

20.23h

*Lastendrohne Entführung   Dalamtiner „CHEF"*

*Fasern der Sporttasche – **keine** Fingerabdrücke*

Die von *Team1: Stade* bei Grevesmühlen gefundene Lastendrohne wurde auf Fingerabdrücke und Spuren untersucht.

Es handelt sich um eine komplette Eigenkonstruktion. Ermittlungen zu Herstellern und Verkäufern der einzelnen
Teile laufen.

Es fand sich kein einziger Fingerabdruck.

Dagegen gibt es eindeutige Materialspuren von Frau Jensens Sporttasche [ u.a. Fasern ] am Greifer und an den Sicherungshebeln.
Die Flugdrohne transportierte die Sporttasche und damit das Lösegeld.

--- ---

=========================================

"Wie viele Leute im Alten Land können so ein kompliziertes Gerät entwickeln?", überlegte Direktionskommissar Lennart Gantswig.

Eine nächste Information lief über die Dienstphone. Mit grünem Band.

=========================================

Landespolizei Niedersachsen
Bezirksdirektion Bremervörde – Information, Stufe 2 -
20.30h

*Bezirks-Polizistin Müller auf Intensivstation*

Die Uniklinik Hamburg Nord teilte mit, dass Georgieta Müller, Bezirks-Polizistin in Mittelnkirchen, nach vier Operationen auf die Intensivstation gebracht wurde.

--- ---

=========================================

Etwas später lief die dritte Information über die Monitore. Mit rotem Band.

=========================================

Landespolizei Niedersachsen
Bezirksdirektion Bremervörde  –  Information –

20.53h


*Abschluss pathologische Untersuchung:  fünf Opfer*

*-Überfall auf Geldtransporter;    B 73, Burweg -*


Die Pathologen der Bundeswehr schlossen ihre Untersuchung um 20.33 Uhr ab.


Insgesamt wurden fünf Opfer identifiziert.

Nach Synchronisierung mit Ergebnissen des KT-Teams Niedersachsen-Nord wird als erstes Ergebnis festgesellt:

Die Zuordnung der Körperteile ist gesichert.

- Die Zuordnung der Namen erfolgte nach Fund-
  orten. Knochen- oder Hautpartikel müssen noch
  mit DNA-Material aus den Haushalten der Opfer
  verglichen werden.

[ Emfpehlung: Weitere DNA-Vergleiche sollten aus
Kostengründen nicht erfolgen. ]

Von den beiden Männern in der Fahrerkabine konnten
große Teile ihrer Gebisse rekonstruiert werden, sowie für

**Person A,** vermutlich der Fahrer **Pjotr Natrow,**

Teile von Rückgrat und Brustkorb,

der Handteller der linken Hand und beide Füße.

**Person B,** vermutlich der Beifahrer **Anders Weiß,**

fast das komplette Rückgrat und der rechte Brustkorb,

die rechte Hand und der rechte Fuß.

Von

**Person C, Rickmer Dalund,**   Wachtmann in der hinteren
Kabine [ Neffe von **E** ]

Wurden jeweils der halbe linke Ober- und Unterkiefer
[ beide mit Zähnen ] zusammengesetzt,

sowie das untere Drittel des Rückgrats und Teile der
Beckenknochen.

Außerdem wurden zugeordnet
der rechte Unterschenkel [ ohne Fuß ],

das linke Fußgelenk.


Von den Begleitern in der Mittelkabine [ dort lagerten die
Geldkassetten ] fand sich das wenigste.

**Person D,** vermutlich der Transportbegleiter **Tewes Mathiesen,**

nur zwei Schneide- und drei Backenzähne.

**Person E,** vermutlich der Transportbegleiter **York Dalund,**
[ Onkel von **C** ]
je ein Schneide-, Eck – und Backenzahn.

--- ---

==========================================

Bezirkskommissar Gantswig kam in Grübeln: "Können Tod
und Wissenschaft miteinander tanzen? Die Knochensplitter
der Toten steckten in Klumpen aus Erde, Fleisch und
Kleidung. Da mussten sie herausgeschabt werden. Oder
sie wurden aus einem Wasser-Blut-Urin-Brei
herausgefiltert.

Die Gewalt der Explosion zertrümmerte und verformte die meisten Knochen. Da hantierten Mediziner mit verstümmeltem Material herum. Nur eine Stunde vorher war das ein kompletter, fröhlicher Mensch. Die Gesellschaft erwartet von Patholog*Innen wissenschaftliche Exaktheit bei ihrer Arbeit.

Aber diese Patholog*Innen sind normale Menschen. So wie du und ich... Müssen die nicht an ihrem ersten Arbeitstag den Rand des Irrsinns geraten?"


Lennart Gantswig wurde es *erst jetzt* bewusst. Vor wenigen Stunden waren sie zu dritt mitten durch das Grauen marschiert. Auf wie viele Leichenfetzen hatten sie, hatte er dabei getreten? Waren Herzen dabei oder Gehirne? "Wir waren in der Hölle, aber mich schützte *das Mäntelchen der Liebe*." Auf Zehenspitzen schlich er zu Maike Rupachs Kabine. Sie atmete ruhig und gleichmäßig. Er strich über ihr warmes Gesicht. Danach konnte er sich wieder vor den Haupt-monitor setzen und das Tages-Protokoll verfassen.

# 43° C

Der Alarm kam völlig überraschend.

Ja, ein Unwetter war angekündigt. Aber für die Lübecker und die Wismarbucht. Lübeck hatte sich vorbereitet, auch die Wismarer und die Ratzeburger hatten ihre Gummistiefel bereitgestellt wegen des drohenden Starkregens. Kiel und Lüneburg sorgten sich, eventuell von Ausläufern getroffen zu werden. Die Ankündigungen der Meteorologen waren zuverlässig, zu 95 Prozent.

Doch diesmal hielt sich das Wetter an das unscheinbare Zwanzigstel der Prognosen. Starke Ostwinde trieben den Keil der Kaltfront 100 Kilometer weiter nach Westen und der Himmel öffnete seine Schleusen von Itzehoe bis Cuxhaven, sowie über Gemeinden wie Glückstadt, Hemmoor, Otterndorf, Brunsbüttel und Drochtersen. Die Sturmflut kam nicht vom Meer, sondern aus dem Himmel. Der öffnete alle seine Schleusen. Tiere, Menschen, Bauwerke, Schiffe, Flugzeuge... Sie alle hatten keine Chance.

Die Sintflut sorgte rasch für einen Stromausfall. Doch die Welt hatte vom Unglück der Länder Hadeln und Kehdingen erfahren. Interphone-Aufnahmen zeigten, wie Straßen zu Flüssen wurden und Weiden sich in Meere verwandelten. Augenzeugen des Weltuntergangs an ihrem nördlichen Horizont wurden die schockierten Einwohner von Elmshorn und Stade.

Um 6.20 Uhr wurde das Bezirksrevier Mittelnkirchen alarmiert. Nördlich Staadermoor und Götzdorf seien alle Straßen zu sperren. Keiner dürfe in das überflutete Land hineinfahren.

Bereits in Mittelnkirchen nahmen Lennart und Maike instinktiv die Bedrohung wahr. Über ihnen heizte die Sonne wie jeden Morgen den wolkenlosen Himmel an und unterwarf alles ihrer Macht (mit morgendlicher Temperatur von 41° Celsius).

Das galt aber nicht für den Norden.

Dort reichte ein Amboss ins Weltall,

ein Monolith,

finster und schwarz,

jeden Sonnenstrahl verschluckend,

von Blitzen durchzuckt,

in jede Richtung düstere Wolkenfelder sendend.

Er schüttete sein Wasser nicht sturzweise aus,

sondern in Mengen von Bierfässern und Badewannen.

Während der PolTra 278 Stade durchquerte, lief eine Information auf den Monitor, mit rotem Band.

=========================================
Landespolizei Niedersachsen
Bezirksdirektion Bremervörde - Information – 7.21h

Innenministerium der Republik Kroatien

*Kriminelle Organisation „VIER"* **-Fahndung-**

Gesucht werden noch **drei Drahtzieher** der Mafia-Organisation **„VIER".** Sie benutzen gefälschte Pässe/Ausweise/Führerscheine. **Ziel** aller drei ist vermutlich die **Schweiz.**

1  Das Ehepaar **Miran Siladin** [ 34 ] und seine Ehefrau **Jara Siladin** [ 30 ]. Er ist Großgrundbesitzer, sie ist Bankkauffrau. - Er ist 1,87m groß, 95 kg schwer. - Sie ist 1,75m groß, 70 kg schwer.

Beschreibung Siehe Video-/Bildserien der Anlagen KROA 1/6 – B 159.1 und KROA 1/6 – 159.2

2  Die Konditormeisterin **Ivona Rendic´** [ 48 ].

Sie ist 1,63m groß und 73 kg schwer.

Beschreibung: Siehe Video-/Bildserien der Anlage KROA 1/6 – B 159.3

Alle Hinweise bitte umgehend an die Staatspolizei Kroatien.

--- ---
==========================================

Maike und Lennart lasen die Information nur flüchtig. Sie konzentrierten sich auf ihren Auftrag. Lennart Gantswig steuerte den PolTra 278 selbst. In der Nähe dieses monströsen Phänomens wollten sie sich nicht auf die kybernetische Steuerung verlassen. Sie hatten sich dem Unwetter bis auf vier Kilometer Abstand zu nähern und dort die Straßen abzusperren.

Über die verheerenden Auswirkungen des Starkregens besaßen sie einige Informationen.

Der Wetterkeil stand seit 165 Minuten fest und bewegte sich an den Rändern nur um 500 Meter hin und her. Das betroffene Land war von Bundesregierung und der Sektion Küste der Europäischen Union zum Katastrophengebiet erklärt worden. Zuverlässige Informationsschienen ins Katastrophen-Gebiet konnten nicht aufgebaut werden. Bruchstückhafte Nachrichten ergaben dieses Bild:

Niederschläge von 300 mm pro Stunde.
In Cuxhaven, Itzehoe und vielen anderen Orten standen alle Keller unter Wasser.
Weder Feuerwehr noch THW konnten ausrücken, Straßen wurden zu Flüssen und Kanälen.
Mehrere gegen Wasser hermetisch versiegelte Gebäude meldeten, das Wasser dringe zwar nicht durch Türen oder Kellerfenster ein, aber durch die Wände.


Nördlich von Stadermoor hatte das *Team111: MiKi* alle Straßen abgesperrt. Nun waren die oberhalb von Götzdorf an der Reihe. Routine stellte sich nicht ein. Zu sehr fühlten sie sich wie Ameisen, dem Spiel eines unermesslich großen Riesen ausgesetzt. "Wie klein wir sind. Wir sind ein Nichts, wenn die Elemente in Bewegung geraten", sagte Lennart.

"Aber wir sind Naturkatastrophe genug, um zu diesem Chaos beizutragen", meinte Maike. Sie hielten an der

Straße von Götzdorf nach Barnkrug. Ausläufer des Starkregens prasselten auf den PolTra 278. Maike und Lennart zogen ihre Wasserschutzkleidung über und wechselten aus den Dienstschuhen in ihre hohen Stiefel, zum fünften Mal.

Als sie aus dem Wagen stiegen, bedeckte das Wasser die ganze Oberfläche der Straße. "Sind wir nicht zu nah dran?", fragte Lennart.

"Wir sind viel zu nah dran", antwortete Maike ironisch. "Wir sollten uns besser bis nach Hannover zurückziehen. - Nein, nein, das passt schon, Lennart! Du siehst doch, der böse Riese liegt brav in seinem Bett, gute vier Kilometer von uns entfernt."

Während das Wasser langsam, kaum merklich, anstieg, lief auf dem Hauptmonitor eine Information ein. Mit rotem Band.

==========================================
Landespolizei Niedersachsen
Bezirksdirektion Bremervörde – Information ‚10.29h –


*Überfall gestern: Geldtransporter; B 73, Burweg*

**Spur führt nach Leipzig**


Hinter dem Überfall bei Burweg könnten die Leipziger **Rio Somburg** und **Tillmann Jurst** stecken.

Beide haben diverse Vorstrafen und das Knowhow des Umgangs mit *Samtex ulraplus*. Außerdem organisierten sie mehrfach sehr komplexe Tatszenarien.

Der Verdacht gegen sie erhärtet sich dadurch, dass sie sich während der vergangen fünf Wochen nur selten    [ und dann auch nur stundenweise ] in Leipzig aufhielten. – Dabei verfügten sie über ungewöhnlich viel Geld. – Mit den beiden sollen fünf weitere Personen „abgetaucht" sein.

--- ---

===========================================

Diese Information nahm das *Team111: MiKi*  erst viel später zur Kenntnis.

Maike Rupach sah ins Dunkle, in Richtung Barnkrug, griff zum Absperrband, wickelte es um eine stattliche Weide und lief dann zur anderen Straßenseite. Der Regen fiel immer heftiger. Sie stiefelte durch knöchelhohes Wasser. "Diese Gummitreter nutze sich seit Dienstbeginn. Hoffentlich halten sie heute noch durch", dachte Maike. Ein grelles Licht blendete sie und riss ihre Blicke nach oben.

Im Monolith zuckte ein Blitz. Aber er bewegte sich nicht senkrecht nach unten. Waagerecht entlud er sich aus der Mitte einer gelben Wolkenstadt hin zu einer dunkelgrauen Regenfabrik. Das Licht des Blitzes flackerte grell. War das überhaupt ein Blitz? Er schien die Breite einer achtspurigen Autobahn zu haben. Maike begann zu zählen: "Einundzwanzig, zweiundzwanzig, dreiundzwanzig, ..."

Sie kam bis "... fünfunddreißig, sechs..." Genau in diesem Moment knallte ein Donnerschlag in ihre Trommelfelle. Das folgende leisere Zischen und Sirren konnten ihre Ohren nur noch ansatzweise registrierten. Fasziniert starrte Maike in den Himmel.

"Fünf Kilometer über uns", wollte sie Lennart mitteilen. Hatte er ihr Rufen trotz Regen und Donner überhaupt gehört? Er antwortete nicht. Maike Rupachs Nervensystem schaltete auf Alarm. Sie rief laut: "Lennart?" Was hinderte sie daran, sich zu ihm umzudrehen?

Das Wasser!
Seine kräftige Strömung erreichte fast den Rand ihrer Stiefel. Bei der kleinsten falschen Bewegung würde sie den Boden unter den Füßen verlieren...
Ein Rutschen, ein Fallen, ein vom Wasser untergepflügter Mensch. Von reißenden Kräften nach vorn gerissen, in die geringe, aber das Atmen verhindernde Tiefe. Unfähig, die rettenden zwanzig Zentimeter nach oben zu tauchen.

Seltsam, gerade, beim Blick in die Wolken, hatte sie sich sicher gefühlt, trotz des Blitzes. Und weil die Weide ihren Blick auf den Blitz beeinträchtigt hatte, wechselte sie ohne nachzudenken zur anderen Straßenseite. Bei dieser Aktion hatte sie kein bisschen auf ihre Füße und das Wasser geachtet. Aber nun geriet sie in Panik. Denn in diesem Moment ging es um *Lennart!*

Sie blieb wie angewurzelt stehen und drehte Oberkörper und Kopf langsam nach hinten. Dort! Ihr Auge registrierte sie sofort, jene kleine Abweichung an der Oberfläche des fließenden Sees. Jahrelanges Angeln mit Vater und Bruder hatten Maike Rupach geschult. Da wurde etwas mitgerissen. Lennart! Mit Sicherheit Lennart!

Wie viele Versuche hatte sie? Einen. *Einen einzigen!* Sie musste sich so ins Wasser werfen, dass sie direkt in Richtung Lennart getrieben wurde. Weiter überlegte sie nicht und handelte einfach instinktiv. Das Wasser war nicht einmal hüfthoch. Aber es strömte mit großer Gewalt und Maike Rupach konnte, vom Wasser mitgerissen, ihre eigene Bewegung höchstens um eine Armlänge nach rechts oder links steuern. Sie ließ sich fallen. Sekunden später fasste sie ein Bein, einen Körper. Sie krallte sich fest, zog sich bis zu Lennarts Schulter und riss seinen Kopf über Wasser.

Ihr kam zugute, dass die Wassertiefe rapide abnahm. Bald lag Lennart, krampfhaft atmend, in Wasser, das nur noch die Füße bedeckte. Maike zog Lennart die Stiefel aus und drückte sie unser seinen Kopf. Schnell eilte sie zum PolTra 278, holte die Liege und eine ultraleichte Decke. Mit eintrainierten Griffen baute sie die Liege neben Lennart auf. Und hielt diese immer mit einer Hand fest, um zu verhindern, dass das Wasser die Liege wegriss. Mit den ausgeklappten Stützen ragte sie zwei Handbreit aus dem Wasser.

Als erstes wuchtete Maike Lennarts Oberkörper auf die Liege. Sie verband die klaffende Wunde an seinem Hinterkopf. Er musste beim Sturz in Wasser irgendwo aufgeschlagen sein. Endlich, die Blutung schien gestillt zu sein. Mit letzter Kraft zog sie auch den Rest seines Körpers auf die Liege und mummelte ihn in die Decke ein.

Jetzt erst fiel ihr auf, dass es nicht mehr regnete. Noch einmal lief sie zum PolTra 278 und griff nach dem kleinen Koffer für die *Zweite Hilfe,* in dem Drogen für spezielle Fälle aufbewahrt wurden. "Da muss heute Abend wieder ein extra langes Protokoll aufgefüllt werden!", ärgerte sich die Bezirks-Polizistin Maike Rupach. "Als wenn das Wetter heute nicht schon Katastrophe genug wäre."

Sie öffnete den Koffer, entnahm ihm eine Dosis Aufwachtonikum (verschloss ihn wieder vorschriftsmäßig), ging zurück zu Lennart und träufelte ihm das Mittel in den Mund ein. Er hustete und war sofort voll da. "Traf der Blitz nur mich oder uns beide?", fragte er mit belegter Stimme.

"Mein Ritter ließ sich allein vom Blitz treffen, damit ich *ihm* Erste und Zweite Hilfe stricken konnte."

187

"So liebevoll wurde ich noch nie gerettet. Können wir das morgen wiederholen?"

"Nur, wenn du mich morgen rettest."

"Maike, dieses Jahr überlasse ich alle Rettungsaktionen dir."

Sie fuhr mit ihm ins Krankenhaus Stade, hatte ihn als *ALPHA-Patienten* angekündigt, der aber nur eine *GAMMA-Untersuchung* benötige. Als VIP-Patient wurde Direktionskommissar Lennart Gantswig sofort untersucht, sogar von einem leitenden Stationsarzt.

Während der Arzt Lennart mit guten Wünschen entließ, wollte er Maike eigentlich in ein Krankenbett stecken. Sie sähe totenblas aus und dürfe das Krankenhaus nicht verlassen... Das Wetter! Der Einsatz heute! Die Anspannungen der letzten Tage! Sie sei doch ein Wrack.

"Nein, morgen ist der Dienst sowieso vorbei. Heute ist mein Dienst systemrelevant."

Der Arzt schüttelte den Kopf und meinte zu Lennart: "Herr Kommissar, ein Schwächeanfall Ihrer Kollegin und Sie müssen die Uneinsichtige mit Handschellen an ein Bett fesseln."

*Team111: MiKi, Maike Rupach und Lennart Gantswig,* sperrten noch zwei Straßen in Richtung Norden. Das nahm eine Stunde Zeit in Anspruch. Immer wieder blickten sie sicherheitshalber nach oben. Dort verlor der Monolith allmählich an Pracht und Macht.

Im PolTra 278 erfuhren sie erstens, dass Feuerwehren, Technisches Hilfswerk und Krankenwagen in das Katastrophengebiet einrückten. Das *Team111: MiKi* solle sich nur noch als Reserve bereithalten. Es sei nach Hinweis des Krankenhauses Stade zu geschwächt, um heute weiter normalen Dienst zu leisten.

Zweitens lief eine Information über den Monitor. Mit rotem Band.

==========================================

Landespolizei Niedersachsen
Polizeidirektion Bremervörde  - Information -      11.11h

KT-Team


*Entführung des Dalmatiners „CHEF" –*

*Drohne / Täterprofil*


Die Konstruktion der Lastendrohne ist bemerkenswert. Sie lässt sich so präzise steuern, dass sie auf der Stelle um ihre eigene Achse gedreht werden kann.

Damit die Rotoren beim Zusammenprall mit Ästen oder Zweigen nicht beschädigt wurden, schützte sie ein Gittersystem. – Die Drohne hätte selbst dann noch fliegen können, wenn zwei Rotoren ausgefallen wären.

Die Akkus sorgten [ Bei Hitze von über 40° C ] für eine Reichweite von über 17 km Flugstrecke. Die Drohne musste landen, weil die Akkus erschöpft waren.

Ein Ultraschallsystem verhinderte, dass die Drohne sehr oft mit Bäumen zusammenstieß. Es gab während des langen Fluges nur etwa 12 Berührungen mit Zweigen und ganze zwei mit Ästen.

Die Steuerung erfolgte mit modernstem technischem Equipment. Und auf einer Frequenz, die nicht für Lastendrohnen freigegeben ist. Verwendet wurde eine für Beobachtungsdrohnen vorgesehene Frequenz.

Der Bau der Lastendrohne erfolgte profihaft. Stets wurde das den Erfordernissen entsprechende Material verwendet. Alle Teile wurden fehlerfrei montiert.

Das Equipment stammt von über 30 Herstellern. Aktuell werden die Spuren von zehn Käufen verfolgt.

Der gesamte Ablauf von Entführung, Kontaktaufnahme, Geldübergabe und Rückführung des entführten Tieres deutet auf [ einen? / mehrere! ] Täter*Innen, der/die kopfbestimmt handeln.

--- ---

========================================

"Bis auf das handwerkliche knowhow könnte das Täterprofil auf Sara Jensen zutreffen", kommentierte Maike.

"Sie könnte passende Leute gesucht und gefunden haben", sagte Lennart. "Aber nur um von sich abzulenken, wäre der Aufwand zu groß. Da hätte sie sich besser selbst entführen lassen und fünf Millionen für ihre Freilassung fordern können."

"Du hast Recht. Zu wenig deutet auf eine Beteiligung Sara Jensens an der Entführung *Chefs* hin."

Ins Dienstgebäude zurückgekehrt, reichte die Energie des *Teams111: MiKi* nicht aus, um das Protokoll zu schreiben.

Über Mittelnkirchen hatte die Sonne den ganzen Tag lang gebrannt und mühelos alles auf 43° Celsius erhitzt. Ergeben und schlaff beugten Ort und Umgebung ihrer Herrschaft. Und für morgen waren 44° C angekündigt.

Eine weitere Information lief auf dem linken Monitor ein. Mit rotem Band.
==============================================

Landespolizei Niedersachsen
Polizeidirektion Bremervörde  - Information -    21.02h


Hohe Polizeibehörde der Freien und Hansestadt Hamburg
über Interpol


*Gruppe Lühesand-Stade-HH   kommt aus Kolumbien*


Alle 13 Mitglieder gehören zur *familia Sincelejo*  aus Kolumbien. – Identifiziert wurde die zwölfjährige **Luisa Fernanda Herrán.** Ihr Aussehen war in drei wesentlichen

Punkten geändert worden: Sie trug die Kleidung eines männlichen Jugendlichen [ mit entsprechender Frisur ], sowie eine vor drei Tagen eingesetzte, auffällige Zahnspange. Zusätzlich waren die Haare rotblond gefärbt.

Doch sie hatte sich vor einem Jahr im sozialen Netzwerk *Ourlittleworld* mit rot gefärbten Haaren gepostet. Das Personenerkennungsprogramm stellte die Identität fest.

Zusammen mit ihr sollten ihre Tante **Valeria Herrán,** ihr Onkel **Pablo David Herrán** und deren 20-jähriger Sohn **Diego Camilo Herrán** in Deutschland eingeschleust werden.

Die Identität der beiden anderen Personen [ vermutlich Personenschützer / Hauspersonal ] muss noch ermittelt werden.

--- ---

========================================

"Das stand im Zentrum der Aktion !", schüttelte Lennart den Kopf, „Wahrscheinlich dienten das Abdrängen eures PolTras und der Raubüberfall auf der B 73 nur als Ablenkungsmanöver für das Einschleusen dieses Familienclans."

"Die Mafia machts möglich", nickte Maike, "die kolumbianische."

# 44° C

Seit 48 Stunden fand die kroatische Polizei keinen Schlaf
mehr. Das zeigte eine kurze Information, die mitten in der
Nacht das Bezirks-Revier Mittelnkirchen erreichte, mit grünem Band.

========================================

Landespolizei Niedersachsen
Polizeidirektion Bremervörde  - Information, Stufe 2 -
                                                    3.29h

Innenministerium der Republik Kroatien

Staatspolizei Kroatien                         <u>über Interpol</u>


*Identität der Wasserleiche   Kornati   **Alen Becic***


Der vor zwei Tagen am Strand von Kornati ange-
schwemmte Tote ist der Barbesitzer Alen Becic. Er stand
neunmal wegen Misshandlungen und/oder Bedrohungen
vor Gericht und wurde fünfmal verurteilt.

Dreimal wurde untersucht, ob er Frauen zur Prostitution zwang. Zweimal zogen Frauen ihre Anzeige zurück, die dritte Zeugin verschwand spurlos.

Wie Becic ums Leben kam, muss noch geklärt werden. – Zurzeit wird ermittelt, mit wem er wo in den Tagen vor seinem Tod zusammen war.

--- ---

==========================================

*Tee oder Kaffee?* Schon seit ein paar Minuten grübelte Maike Rupach über diese lebensentscheidende Frage nach. Sie kam einfach zu keinem Ergebnis. Wie auch? Fünf gnadenlos heiße Tage lagen hinter ihr. Die Ereignisse hatten sich überschlagen. Diese Unmenge von Details... Alles zu sortieren verlangte höchste Konzentration.

Maike war geschafft, der Akku leer... Wie sollte sie diesen Tag bewältigen? Sie hatte keine Ahnung. *Tee oder Kaffee?* Schon diese Entscheidung war eine große Herausforderung... Hatte Lennart gerade etwas gesagt? Sie sah in seine Richtung: "Bitte? Sagtest du etwas?"

"Ja. Sara Jensen rief an. Sie müsse ein Geständnis ablegen."

Maike zuckte zusammen: "Verschone mich mit solchen Witzen! Wir haben nicht den ersten April!" - Humor dieser Art konnte sie heute Morgen überhaupt nicht vertragen.

"Das war kein Witz!" Er spielte den Anruf ab.

Sara Jensen sprach wie immer, freundlich und bestimmt:
"Hallo, hier spricht Sara Jensen aus Bliedersdorf, Hamburger Chaussee 28. Können Sie mich heute bitte aufsuchen? Es ist Zeit für ein Geständnis. Die Sache muss bereinigt werden."

Mit einem Schlag war Bezirks-Polizistin Maike Rupach hellwach und voller Energie. - *Tee!* Gelassen schüttete sie sich eine Tasse Tee ein. Heute würde alles gut werden: "Endlich! Endlich wird sie zugeben, ihren Mann getötet zu haben! Lennart, letztlich führt korrekte Beharrlichkeit zum Erfolg. Ekke Nekkepenn! Aber als allererstes müssen wir zur Uni-Klinik fahren. Zu Georgieta!"

Lennart schüttelte entschieden seinen Kopf: "Maike, eine Fahrt zur Uni-Klinik ist heute Morgen sinnlos. Georgieta wurde während der letzten beiden Tage sechsmal operiert und dreimal in künstlichen Schlaf versetzt, damit ihr Körper zu Kräften kommt. In Hamburg bekämen wir sie garantiert nur als Mumie zu sehen, durch 15 verschiedene Schläuche mit ebenso vielen Apparaten verbunden. Zehn Displays werfen Zahlen aus oder Kurven, rote Flüssigkeiten werden in Georgieta hineingepumpt, grüne aus ihr herausgesaugt.

*Das* sehen zu müssen und hilflos daneben zu stehen, *das* allein erhöht unseren Horror. Unsere Anwesenheit wird Georgieta nicht gesund stricken. Zudem wird sie uns gar nicht wahrnehmen können."

"Wir müssen zu ihr, Lennart, wir müssen! Georgieta wird spüren, dass wir da sind. Sie wird uns hören."

"Nein, heute Morgen gehört sie allein den Ärzten. Und wenn weitere Operationen notwendig werden? Frühestens am Nachmittag wird der Versuch eines Besuchs Sinn machen. Wahrscheinlich werden wir sie selbst heute Nachmittag nur fünf Minuten sehen dürfen."

"Du hast ganz sicher recht, Lennart. Und doch muss ich zu Georgieta! Ich *muss* in ihre Nähe. Wenn du das verstehst, dann nicke mich bitte freundlich an!" Direktionskommissar Lennart Gantswig sah Bezirks-Polizistin Maike Rupach in die Augen und nickte, um seinen Kopf im nächsten Moment kräftig zu schütteln. Sein eiserner Blick ließ keinen Widerspruch zu.

Maike atmete kräftig aus: "Es ist unfair, dass du das Kommando an dich reißt. Alle Argumente sprechen für dich, Lennart. Trotzdem ist die Entscheidung falsch." Sie sprang auf: "Los, *sofort!* Holen wir uns das Geständnis der Mörderin, um gleich danach zu Georgieta zu fahren!"

Lennart Gantswig ließ sein Frühstück stehen und packte das notwendige Material ein. Maike tat es ihm gleich. Keine fünf Minuten später verließen sie das Dienstgebäude und eilten mit aufgeschnallten Kühlhelmen zum PolTra 278.

Lennart Gantswigs Schläfen pochten wie Presslufthämmer. "Wenn in den nächsten Stunden etwas schief läuft mit Georgieta... Das wird Maike mir nie verzeihen. Sie *kann* es mir nie verzeihen... Und ich mir ebenso wenig."

Mit Sara Jensen hatten sie einen Termin um 10.30 Uhr ausgemacht. Auf der Fahrt nach Bliedersdorf patrouillierte das *Team111: MiKi* noch in Gunderhandviertel und Neuenkirchen. Über den Hauptmonitor des PolTra lief eine Information, mit rotem Band.

========================================
Landespolizei Niedersachsen
Polizeidirektion Bremervörde  - Information -     10.10h


Hohe Polizeibehörde der Freien und Hansestadt Hamburg

*Gruppen    Mexiko-Lühesand-Stade*
*und Mexiko-Lühesand-Hamburg*
*gehören vermutlich zu einer Mafia-Organisation*

Nach ersten Informationen der kolumbianischen Polizeibehörden und von Interpol gehören die fünf Erwachse-nen
[ plus eine 12-Jährige ] der Gruppe *Mexiko-Lühe-sand-*
*Stade* zum inneren Zirkel der *familia Sincelejo*    [
mächtigster Mafia-Clan Nordkolumbiens ].

Für die sechs Personen  [ und den 11.Jährigen ] der
Gruppe *Mexiko-Lühesand-Hamburg*  scheint das ebenso
zuzutreffen.

Der kolumbianische Polizeidirektor *Jeromin Pinilla*
vermutet, dass der Mafia-Chef **Mateo Camilo Herrán**
Mitglieder seiner Familie außer Landes bringen wollte,
um sie vor Zugriffen staatlicher Behörden zu schützen.

--- ---

========================================

"Wie viele Menschenleben ließ dieser Mafiaboss Herrán
auslöschen, um seine Familie in Sicherheit zu bringen?",
fragte Lennart aufgebracht.

"Nicht allein die Zahl ist das widerliche, sondern die perverse Grundeinstellung", sagte Maike. "Fünf Transportbegleiter und zwei Polizistinnen zählen nicht. Herrán fehlt jegliche Achtung. Achtung vor dem Leben und Achtung vor den Menschen."

"Du hast recht. Aber ich denke gerade darüber nach, wie entlastend es für unsere Moral ist, auf Mateo Camilo Herrán mit Fingern zeigen zu können, weil er Morde befahl.

Aber wie gehen wir als Hüter der Ordnung damit um, wenn Bürger, Banken und Konzerne jede Art von Moral hinter sich lassen und unsere Gesetze ihnen auch noch das Recht dazu geben?
Ware wird verkauft, die Giftstoffe enthält. Bauwerke werden konstruiert, die nicht sicher sind. Kredite werden wissentlich an Personen vergeben, die das Geld nie zurückzahlen können, was deren Ruin bewirkt. Solche Praktiken mögen unfair sein. Doch solange die Täter alle Gesetze beachteten, wird kein Gericht sie verurteilen. Manchmal frage ich mich, ob ich im falschen Staat Polizist bin."

Maike antwortete leise: "Zustimmung. Als Polizistin habe ich einen Eid auf das Grundgesetz abgelegt. Aber einige Gesetze, die in Deutschland gelten... Die sind meiner Meinung nach mit unserer Verfassung nicht kompatibel. *Muss* ich das akzeptieren? *Kann* ich das akzeptieren? Das Grübeln darüber überlasse ich gewöhnlich Georgieta. Konkret bin ich heute Vormittag einfach zu müde, um darüber nachzudenken."

"Ekke Nekkepenn! Maike, genau das ist die demokratische Krankheit! Müde Gesellschaften, die einfach verschlafen, wenn als harmlos geltende Entscheidungen gestrickt werden."


Das gepflegte Anwesen der Jensens tauchte auf. Sie setzten ihre Kühlhelme auf. "In einer Stunde erreicht die Lufttemperatur 44° Celsius", überlegte Lennart beim Wechsel ist Haus, "Gilt das nicht als eine feine Art, schonend gegart zu werden?"

*Chef* verhielt sich sehr träge. Als Maike und Lennart den PolTra 278 verließen, stand er reglos an der Tür und drehte auch kaum merklich den Kopf, als sie eintraten. Langsam folgte der Dalmatiner Sara Jensen einige Schritte in Richtung Couch, dann legte er sich auf den Boden und beobachtete teilnahmslos das Geschehen.

Sara Jensen wirkte nervös, aber immer noch sicher. Sie war Direktionskommissar Lennart Gantswig zwar erst vorgestern begegnet, begrüßte ihn aber, als gehörte er schon immer zum *Team: MiKi*.

Ihre erste Frage war die nach dem Befinden Georgieta Müllers. Lennart informierte sie: "Bezirks-Polizistin Müller ist immer noch auf der Intensivstation, weitere Untersuchungen und kleine Eingriffe sind notwendig."

Sara Jensen biss sich auf die Lippen: "Dieser gemeine Anschlag! Ausgerechnet mit unserem Oldtimer! Es ist wie verhext. In letzter Zeit sind wir Jensens ständig in irgendwelche kriminellen Vorfälle verwickelt."

Sie setzten sich an den großen Tisch in der Diele. Frau Drewsen brachte eine große Kanne Kaffee und goss allen drei je eine Tasse ein. Die Hände der Haushälterin zitterten, als sie Maike und Lennart den Kaffee einschenkte. Ihre Hände und ihr Gesicht waren kalkweiß. War sie Mitwisserin der Verbrechen Sara Jensens?

"Bringen Sie mir bitte gleich einen Pharisäer. Heute Vormittag brauche ich einen. Unbedingt.", befahl Sara Jensen ihrer Haushälterin.

"Heute stürzt das Lügengebäude der feinen Sara Jensen endlich ein", dachte Bezirks-Polizistin Maike Rupach erwartungsvoll.

"Möchten Sie auch einen Pharisäer trinken?", fragte die Hausherrin Maike und Lennart, "oder verstößt das gegen die Vorschrift *keinen Alkohol im Dienst?*"

"Genauso ist es", lehnte Lennart das Angebot ab.

Maike scharrte innerlich mit den Hufen: "Wir fahren nach diesem Gespräch nach Hamburg, zu Frau Müller."

"Ich verstehe, kommen wir also gleich zur Sache."

"Herr Kommissar Gantswig stellt die Fragen, ich werde protokollieren. Wie lief das mit Ihrem Mann ab?"

Sara Jensen stellte überrascht ihre Kaffeetasse ab. "Es geht *überhaupt nicht* um meinen Mann. Es geht *um mich*." Sie fixierte beide, kurz und eindringlich, erst Maike, dann Lennart. "Konkret: Ich bin nicht Sara Jensen."


Das *Team111: MiKi* sah sich überrascht an. Lennart fragte: "Wie bitte? Sie sind *nicht* Sara Jensen?"

"Alle kennen mich hier als Sara Jensen. So heiße ich in allen Papieren, so unterschreibe ich alle Briefe und Urkunden. Doch mein richtiger Name ist Milena.

Milena Jensen, geborene Köhn. Bis zum 3. Oktober 2009 war ich Milena Köhn. An diesem Tag starb Sara Köhn. Ein Autounfall. Unser Wagen kam auf halber Strecke zwischen Wernigerode und Blankenburg von der Straße ab, bei strömendem Regen. Meine Cousine Sara Köhn starb, und ich nutzte die Gelegenheit. Ich ließ mich sterben und stahl ihren Namen."


"Das müssen Sie uns bitte genau erklären, Frau Jensen."

"Lassen sie mich ganz am Anfang beginnen, damit Sie die

Zusammenhänge verstehen. In Wernigerode wuchsen zwei Brüder auf, Jurj und Urban Köhn. Die heirateten zwei Cousinen. Beide Ehepaare bekamen 1989 zwei Töchter."

"Können Sie die Namen der Cousinen nennen?"

"Mein Vater, Urban Köhn, heiratete Judith Hampers. Meine Tante Liana Köhn, also die Frau meines Onkels Jurj Köhn, war eine geborene Regonew. Judith und Urbans Tochter Milena Köhn, das bin ich, kam am 22. März 1988 in Wernigerode zur Welt. Liana und Jurjs Tochter Sara, meine Cousine, am 5. Mai 1988 in Blankenburg.

"Wo liegen die Orte?"

"Im Bundesland Sachsen-Anhalt. Beide Städte kleben am Nordrand des Harzes und liegen 15 Kilometer voneinander entfernt. Jurj und Urban, unsere Väter, vererbten ihre Gene dominant. Zudem kamen auch ihre Frauen aus einer gemeinsamen Familie. Sara und ich wuchsen als gefühlte Zwillinge auf.

Alle, die unsere Familien nicht kannten, hielten uns erst einmal für Zwillinge. Gerne trieben wir in Wernigerode oder bei gemeinsamen Urlauben Schabernack mit unserer Ähnlichkeit. In Schulen und bei unseren Freunden spielten wir öfter *das doppelte Lottchen*. Sie kennen Kästners entzückendes Kinderbuch?"

Lennart nickte, Maike verneinte: "Meine Jungen und Mädchenbücher? Das biss sich immer."

Sara Jensen, die in Wirklichkeit Milena Jensen hießt, redete weiter: "Nur unsere Eltern konnten wir nie täuschen. Meine Mutter lachte uns bei derartigen Verwechslungs-Versuchen aus und sagte: "Ich erkenne euch am Geruch!" Genug zu unserer Ähnlichkeit. Sara und ich verstanden uns prächtig, sogar als wir uns während der Jugendzeit völlig anders entwickelten. Beruflich nicht so sehr. Sara lernte nach dem Abitur Bankkauffrau, ich Industriekauffrau.

Doch Sara war der Stolz ihrer Eltern, während ich meinen Eltern ständig Kummer bereitete. Drei Tage vor dem Unfall brüllte mein Vater mich an: "Du bist einer meiner Sargnägel!"

Bei mir stand ein Strafprozess an. Ich war jung, probierte vieles aus, und Risiko war ein Fremdwort für mich. Meine erste Fahrt mit frischem Führerschein und gebrauchtem Auto ging nach Braunschweig. Da besorgte ich den Monatsvorrat an Stoff für unsere Clique und überzeugte mich gleich vor Ort von der Qualität des Haschs. Um nicht aufzufallen, trank ich danach ein Glas Wodka.

Auf der Rückfahrt streifte ich einen parkenden Transporter. Ich fuhr weiter, wurde kurz vor Wernigerode angehalten. Jemand hatte meine Nummer gemeldet. WER OS 861. Die Nummer ist das einzige Fahrzeug-Kennzeichen, das ich auswendig kann.

Fahrerflucht, Alkohol am Steuer, Verdacht auf Drogenhandel. Ach ja, auch noch Beamtenbeleidigung. Sara war stets diplomatisch, ich redete frei von der Leber weg."

"Dann war der Wechsel der Identitäten ein Befreiungsschlag für Sie?"

"Ja, ich nutzte die Gelegenheit sofort. Unser Freundeskreis hatte den *Tag der deutschen Einheit* mit einem Umzug durch Wernigerodes Kneipen begangen. Um 21 Uhr wollte die brave Sara ins Bett. Sie *musste* ins Bett. Schließlich war morgen ein normaler Arbeitstag.
Ich war stinksauer auf Sara-Mäuschen. Dietrich Deitenbach war bereit, sie nach Hause zu fahren. Mein Freund, sein Bruder Dennis Deitenbach, wollte mit, um seinen Alkoholschädel zu lüften, wie er sagte. Weil Dennis mitfuhr, stieg ich auch ein.

Dietrich saß am Steuer, Sara neben ihm. Dennis saß hinter Dietrich, ich hinter Sara.

202

Es regnete Bindfäden. Dietrich wollte sich eine Zigarette anzünden, aber der Anzünder fiel auf den Wagenboden. Sara schnallte sich ab, um den Zünder aufzuheben. Die Hexen von Thale hatten ihre Hände im Spiel. Ausgerechnet in diesem Moment rutschte der Wagen von der Straße. Wie und warum an dieser Stelle Kies und Sand auf die Straße geraten waren, stellte die Polizei nie fest.

Dietrichs Wagen prallte gegen einen Baum, der den Wagen halb zersägte. Sara war sofort tot, Dennis und Dietrich starben den Ärzten auf den Operationstischen weg. Ich kroch benommen aus den Resten des Wagens, und der erste Gedankenblitz, den ich hatte, war der, *Doppeltes Lottchen* zu spielen.


Ich tauschte unsere Portmonees, Papiere, Jacken und Schuhe. Am nächsten Tag wachte ich, fett bandagiert, im Kreis-Krankenhaus auf und war Sara Köhn. Zunächst für die Schwestern und Doktoren, dann für meine Tante und meinen Onkel. Sie meinten, meine Eltern zu sein.

Schließlich besuchten mich auch meine wirklichen Eltern. Völlig verzweifelt klagten sie über den Tod ihrer Tochter Milena.

In den nächsten Tagen kamen auch Freunde. Alle schockte Milenas Tod. Diese emotional aufgewühlten Besucher und die Zuwendung des Krankenhauspersonals verwandelten Stunde um Stunde, Begegnung um Begegnung die Industriekauffrau Milena Köhn in die Bankkauffrau Sara Köhn."


"Und das fiel niemandem auf, Frau Jensen?"

"Nein. Denn meine Stimme war hin, ich konnte nur flüstern, und mein Körper war von Schnittwunden übersät. Wo ich nicht bandagiert war, zierten mich Pflaster. Soweit ich mich erinnere, sahen alle nur mein linkes Auge. Saras Familie und Saras Freunde betrachteten mich aus einer positiven Perspektive. Milenas Familie und Freunde waren geschlagen von Trauer. Mir half, dass ich nur murmeln konnte."

"Ihre Stimme hätte Sie verraten?"

"Irgendwann musste etwas auffallen. Das befürchtend, kündigte ich noch im Krankenhaus Saras Stellung und ihre Wohnung. Ich behauptete, das zarte Sara- Mäuschen müsse fort, weit weg von dem bedrückenden Tanz der drei Toten. Konsequent brach ich alle Brücken hinter Sara ab. Familie und Freunde taten sich schwer damit, aber sie nahmen es schließlich hin. Die Zahl der Briefe und Anrufe nahm immer weiter ab.

In Wernigerode wurde Milena Köhn beerdigt. Ihre Leiche war in so einem fatalen Zustand, dass keine Zweifel aufkamen. Zumal Sara doch lebte!"

"Wohin zogen Sie?"


In diesem Moment meldeten die Dienstphones eine Information, auf grünem Band.

============================================

Landespolizei Niedersachsen
Polizeidirektion Bremervörde  - Information, Stufe 2 -
11.30h

Innenministerium der Republik Kroatien

Staatspolizei Kroatien                         über Interpol

**Ivo Karas,** letztes gesuchtes Mitgliedglied der Führungs-
Etage der **Mafiaorganisation VIER**

wurde heute Morgen um 4.45 Uhr in seinem Versteck im
Zentrum von Dubrovnik verhaftet.

Er wird an einem geheimen Ort verhört, getrennt von den
anderen Köpfen der Organisation.

Die kroatische Polizei dankt den deutschen Behörden für
die entscheidenden Hinweise, die zur Aufdeckung und
Zerschlagung der Organisation führten.

--- ---

==========================================

"Entschuldigen Sie bitte, da kam gerade eine wichtige Information. Die berührt aber nicht Ihre Angelegenheit",
sagte Kommissar Gantswig. "Also, wohin zogen Sie?"

"Nach Buxtehude. Leben in einer Kleinstadt und nach einer
halben Stunde Busfahrt im Zentrum einer Millionenmetro-
pole stehen. Das war es, was ich wollte.

Als Sara Köhn arbeitete ich in einer Bank und war selbst
verblüfft darüber, wie schnell Milena zu Sara wurde.
Pünktlichkeit, Zuverlässigkeit. Die für mich so ätzenden
Tugenden Saras eignete ich mir an. Freundlichkeit wurde
zum wichtigsten Schlüssel.

Als Milena hatte ich meinen Stimmungen freien Lauf gelassen, als in alle Richtungen lächelnde Sara wandte ich mich Kund*innen und Kolleg*Innen freundlich zu. Zu meiner Verblüffung erntete ich nicht nur Höflichkeit, sondern auch emotionale Wärme. Im Nu hatte ich mir eine Reihe Freunde gestrickt.

Häufig gab es Einladungen.. Von einem Moment zum anderen gehörte ich, vorerst sogar ohne Pferd, zum Reitclub *Auf dem Deich* in Harsefeld. Meine heimliche Bereitschaft zu Risiken steckte ich ins Geländereiten. Schließlich wurden mir zwei Pferde eines Wolter Jensen anvertraut.

So lernten wir uns kennen. Es war Sympathie auf den ersten Blick. Er war sportlich, männlich und jung. Ihm fehlte jene in Stimme und Gesten steckende Distanz, die Vermögende nun einmal abzirkelt. Wolter und ich hatten die gleichen Themen. Oft überraschten ihn meine unüblichen Sichtweisen und Ideen zur Umsetzung von Innovationen.

Wolter wollte mich, baute mich systematisch auf, gab mir Crashkurse zu Apfelsorten und Bodenarten, lehrte mich die Verwaltung eigenen Grund- und Gebäudebesitzes. Gemeinsam bauten wir unseren gewinnbringenden Antiquitätenhandel auf.

Für seine Eltern war ich anfangs eine Enttäuschung. Kurz vor unserer Hochzeit sprach ich meinen Schwiegervater ganz offen auf das Thema an. "Natürlich fehlen dir die 1.000 Bäume Mitgift, die wir von unserer zukünftigen Schwiegertochter erwarteten", meinte er lächelnd, "aber wir bekommen mehr als das.

Du bist eine Goldmine, mit deiner Tüchtigkeit und deinem Geschäftssinn, Sara." Seine Worte wurden für mich zum heimlichen Ansporn. Wolter gegenüber erwähnte ich dieses Gespräch nie. Nun, während unserer Ehe verdreifachten wir den Wert unseres Vermögens."

"Was denken Sie, lebt Ihr Mann noch?"
"Ich hoffe... Ich denke *ja...*"
"Was sagt Ihnen denn Ihr Gefühl?", fragte Lennart.

"Gefühle... Ahnungen... Träume... Das sind Schäume. Wolter und ich denken in Nutzen und Kosten. Wir handeln in Sympathie und Symbiose. Dazu gehören auch unsere drei Kinder. – Aber Liebe in romantischem Sinn... *"Dein ist mein ganzes Herz!"*   Dieses Getue brauchen wir nicht. Wir sind glücklich.

Aber mir wurde vor kurzem bewusst, dass unser Glück auf tönernen Füßen steht. Deshalb muss Sara Jensen der Polizei zu Protokoll geben, dass sie einmal eine Milena Köhn war." Sara Jensen konnte ihre Blicke nicht vom Tisch lösen. "Besonders mein Vater muss es endlich erfahren. Vor zwei Wochen starb meine Mutter, ohne zu wissen, dass ich noch lebe... Das ist... gruselig… So hatte mir das nicht vorgestellt…
Auch Wolter und die Kinder verdienen es, die Wahrheit über mich zu wissen."


Maike Rupach gelang es nicht, sich von ihrer bisherigen Einstellung gegenüber Sara Jensen zu trennen: "Was ist, wenn diese Frau trotzdem genau weiß, dass ihr Mann tot ist? Wenn ihr Geständnis nur Teil eines perfiden Spiels mit uns ist... Käme das heraus, ich würde sie erschießen! *Es muss doch Gerechtigkeit geben*."

Kommissar Lennart Gantswig fasste vorläufig zusammen: "Wir nehmen Ihre Aussage zu Protokoll, Frau Jensen. Ihr Geständnis dürfte für Ihren Mann, Ihre Kinder und Ihre Familie schwerer wiegen als für die Justiz. Denn die meisten Taten sind verjährt. Sie gaben einer Toten eine falsche Identität, verschafften sich selbst eine falsche Identität, entzogen sich einem Prozess, handelten im Namen einer Toten, kündigten an ihrer statt Arbeitsstelle und Wohnung.

Die Staatsanwaltschaft wird sich damit befassen, inwieweit Anklage erhoben wird oder nicht.

Hier im Alten Land dürfte Ihr guter Ruf wenig Schaden nehmen. Sie sind als freundliche und gleichzeitig durchsetzungsfähige Großgrundbesitzerin bekannt. Wenn endlich Klarheit herrscht über das Schicksal Ihres Mannes, dürfte hier im Alten Land alles seinen gewohnten Gang nehmen.

In Ihrer ursprünglichen Heimat dürften die Wellen um einiges höher schlagen."

"Bei denen, die Sara und mich kannten, ganz sicher, Herr Kommissar."

"Kommen Sie bitte nächste Woche zur Polizeidirektion in Bremervörde. Bringen Sie einen Rechtsanwalt mit, studieren Sie das Protokoll und besprechen mit uns Veränderungen und Ergänzungen, ehe sie endgültig unterschreiben, Frau Jensen."

Als sie sich verabschiedeten, war die angekündigte Tageshöchsttemperatur von 44° Celsius erreicht. Jeder hing seinen eigenen Gedanken nach. *Chef* war erst liegengeblieben, kam schließlich doch protokollgemäß zur noch verschlossenen Tür. Er flüchtete aber sofort ins Innere der Diele, als Sara Jensen den Türgriff nach unten drückte.

Der PolTra 278 stand zwar nur 30 Meter vom Eingang entfernt, trotzdem setzten Direktionskommissar Gantswig und Bezirks-Polizistin Rupach ihre Kühlhelme auf. Beiden machte nach diesen anstrengenden Tagen der Kreislauf Probleme. Das Gehirn wusste keine Antwort auf die sich widersprechenden Wahrnehmungen, dass Arme und Beine, Bauch und Rücken ein Zuviel an Hitze meldeten, während es dem Kopf zu kalt war. Letztlich waren die Kühlhelme wohl nur eine Zwischenlösung.

Sobald sie die Türen des PolTra 278 von innen geschlossen hatten, legten sie sie Helme ab. "Sofort nach Hamburg, Maike?"

"Sofort und ohne Umweg, Lennart."

Maike gab gerade die Uniklinik Nord in Hamburg als Ziel ein, als Gerty Drewsen an der Fahrertür klopfte. Maike fragte über den Lautsprecher: "Fiel Frau Jensen noch etwas Wichtiges ein, Frau Drewsen?"

"Nein, ich... *Ich* muss sie sprechen, unbedingt, aber nicht hier. Kann ich im Kreuzungsbereich an der B 73 zu Ihnen in den PolTra steigen? Es geht um... *Bitte fahren Sie vor.* Ich folge Ihnen."

"Geht das nicht auch hier, Frau Drewsen? Sie wissen, wir müssen zu meiner Kollegin im Hamburger Krankenhaus."

"Nein! *Hier* geht es auf keinen Fall. Auf gar keinen Fall. Und ich *muss* mit Ihnen sprechen!"

"Gut. Folgen Sie uns."


Auf dem Parkplatz *B 73 Postmoor Richtung Süd* standen nur drei Terzetts. "Unsere Parkplätze können auf ein Drittel der bisherigen Fläche verkleinert werden", meinte Lennart Gantswig. Gerty Drewsen parkte direkt neben dem PolTra 278.
Mit verstörtem Gesichtsausdruck stieg sie ein, setze sich und redete sofort los; emotional ohne Punkt und Komma, sprang von einer Einzelheit zur nächsten. Dennoch unterbrach sie das *Team111: MiKi* nicht. "Mein Mann. *Der* entführte *Chef.* Ich wusste nichts.

Dieser Verbrecher nutzte mich aus. Er fragte mich ständig nach den kleinsten Kleinigkeiten bei den Jensens. Ich dachte, er frage, weil es ihm um mich ginge. Um meine Probleme und Sorgen. Aber der wollte an die Jensens ran.

Im Terzett liegen meine beiden Koffer. Zu Ole kehre ich nicht zurück. Bei Jensens kann ich mich doch nie mehr sehen lassen! Nie mehr!! Und die Nachbarn! Die werden mit Fingern auf mich zeigen.

*Ich muss weg.* Zu meinem Bruder in Ratzeburg. Am besten bringe ich mich um. Ich kann nicht mehr." Die Tränen liefen ihr übers Gesicht.

Maike holte eine Tasse, Lennart schüttete ihr Tee ein. "Trinken Sie erst etwas. Das beruhigt", sagte er und stellte auch einen Teller mit Keksen auf den kleinen Tisch.

Gerty Drewsen nippte am Tee und aß einen Keks. Sie bedankte sich nicht, schien das *Team111: MiKi* nicht wahrzunehmen, wischte sich keine einzige Träne aus dem Gesicht.

Bezirks-Polizistin Maike Rupach bediente nebenbei die Tastatur des Hauptmonitors. Eine Information auf rotem Band ging ab.

========================================
Landespolizei Niedersachsen
Bezirks-Revier Mittelnkichen – **Team111: MiKi** -
12.12h

*Anweisung*     für Polizeidirektion Bremervörde


Herrn Ole Drewsen; Mendelsohnstr. 36, Dollern

zu einer Befragung vorführen.

Seine Frau Gerty Drewsen sagt aus,

er habe vorgestern den ***Dalmatiner „Chef"***
       des Ehepaares Wolter und Sara Jensen,
Hamburger Chaussee 28, Bliedersdorf,
**entführt** und 120.000 Euro **Lösegeld erpresst**.

Eine Direktionspolizistin soll bitte sofort zum
Parkplatz B 73, - Postmoor – Richtung Süd kommen,
um Frau Drewsen zu betreuen.

--- ---

==========================================

Gerty Drewsen redete weiter: "Oles Hobbys sind Drohnen.
Er muss schon mit einer geboren sein. Hat er *Chef* mit
Hilfe seiner Drohnen entführt? Gestern Abend beichtete er
mir die Erpressung. Er habe zwei Flugkarten, für uns,
Abflug heute 21.00 Uhr, nach Kanada. Das sei doch unser
Land. Da wollten wir schließlich schon immer hin.

Die Jensens könnten sich doch jeden Tag Geld stricken.
120.000 Euro lägen bei denen offen in der Portokasse. Ole
hätte mit dem von ihm organisierten Fastnachtspiel *Chef*
mal eine schöne Abwechslung in seinem tristen Hunde-
leben bereitet. Mein Mann säuselte mir vor, wie sehr er
Tiere liebe. Nie habe er die Absicht gehabt, *Chef* auch nur
ein Härchen zu krümmen. Dieser Trottel! Packen Sie den
zu den Psychos.

Ich lasse mich scheiden. Können Sie mir die Adresse eines
Frauenhauses vermitteln?

Sie wandte sich abrupt an Maike: „Wo würden Sie
hingehen, wenn Ihr Mann sich als Gewaltverbrecher
entpuppt?

Der hat mich über alles ausgequetscht. Und ich war zu dumm, das zu bemerken. Was ändert sich bei Jensens in der Diele? Wo befinden sich Kameras? Auf welche Kommandos ist *Chef* abgerichtet? Was frisst der gerne? Wie läuft ein normaler Tag bei Jensens ab? Ob Frau Jensen nicht doch einen Freund habe? "Bevor die sich einen Freund strickt, habe ich zwei", foppte ich ihn.

Ohne meine Hinweise hätte dieser Gangster *Chef* niemals entführen können. Ich bin mitschuldig an dem ganzen Leid von Frau Jensen. Dabei ist die doch schon durch das Verschwinden ihres Mannes weit über den Anschlag belastet. Und dann verbirgt sie krampfhaft alle Gefühle. Frau Jensen setzt nie nur *eine* Maske auf. Sie trägt immer gleich drei. Die Frau ist so reich und eigentlich arm. Mit der möchte ich nicht tauschen. Wie gut, dass *Chef* wieder da ist und gesund.

Aber ich..." Sie verstummte.

Maike sprach leise auf sie ein: "Frau Drewsen, wir werden Sie jetzt nicht allein lassen. Gleich kommt eine Polizistin. Die wird sie zur Bezirksdirektion Bremervörde fahren und auch ein Appartement für Sie suchen, in dem Sie für einige Tage bleiben können. Die Koffer nehmen Sie mit, Ihr Terzett bleibt erst einmal hier stehen.

Wir kümmern uns... Sind Sie damit einverstanden?"

Frau Drewsen nickte. Stumm und ergeben.

"Hier ist noch eine Tasse Tee für Sie und einige Kekse."

Direktionskommissar Lennart Gantswig und Bezirks-Polizistin Maike Rupach gaben Frau Drewsens Hinweise ins dienstliche Intranet.

Eine Information lief über den Monitor. Mit rotem Band.

Landespolizei Niedersachsen
Polizeidirektion Bremervörde  - Information -     11.59h


Hohe Polizeibehörde der Freien und Hansestadt Hamburg
über Interpol


*Leipziger Tätergruppe von kolumbianischem Mafiaboss
beauftragt zu 1. Raubüberfall B 73 bei Burwege
2. Abdrängung PolTra – B 73*


Heute wurde um 2.36 Uhr in der Bar *„Niemals Sonne"*
Herr *Rio Somburg* aus Leipzig verhaftet. Bei der ersten
Befragung behauptete er, russische „Freunde" des kolumbianischen Mafiabosses **Herrán** hätten ihn zu zwei kriminellen Aktionen gezwungen. [ Falls er das verweigere,
würden seine drei Lokale in Leipzig „von besonders
freundlichen Gästen" besucht. ]

Möglichst zum gleichen Zeitpunkt sollten im Alten Land
ein PolTra von der Straße abgedrängt und ein Geldtransporter überfallen werden. – Alle Informationen zum
Geldtransport auf der B 73 besorgten die Russen. Sie beschafften auch die Oldtimer-Limousine [ Die wurde gleich
nach der Tat in einen Container Richtung Moskau
verladen. ]

Herr *Somburg* bietet sich als Kronzeuge an. – Seine
Angaben scheinen zuzutreffen, werden aber noch überprüft.

--- ---

============================================

"Und wieder half uns Kommissar Zufall", lachte Lennart.

"Vielleicht ist es auch so", merkte Maike an ", dass Rio
Somburg den Hamburgern mit Berechnung ins Netz ging.
Ein Gangster seiner Klasse weiß doch genau, wo er sich
verbergen kann und muss."

Eine Viertelstunde später kam Direktionspolizistin Frauke
Sänger mit dem PolTra 208. Sie stieg in Lennarts PolTra
278 um, begrüßte Gerty Dewsen und unterhielt sich mit
ihr. Die Direktionspolizistin Sänger verfügte über die Zau-
berkräfte einer guten Fee.
Nach nicht einmal zehn Minuten hatte sie die mit ihrer
Fassung ringende Haushälterin zum Wechsel in den PolTra
208 bewegt. Rasch holte sie die Koffer aus deren Terzett
und schon waren beide Frauen in Richtung Bremervörde
unterwegs.

Das *Team111: MiKi* schwieg eine ganze Zeit. Schließlich
sagte Lennart leise: "In einer Beziehung a la Drewsen darf
unser zweiter Anlauf nicht enden. So nicht. Wir müssen in
allen Punkten offen und ehrlich sein, Maike. Immer."

"Auf jeden Fall. Ehrlichkeit, wann immer sie möglich und
nötig ist, Lennart."

Er sah sie an, zuerst entgeistert, dann schüttelte er grinsend den Kopf. Beide mussten herzhaft lachen.

Maike fasste als erste wieder einen dienstlichen Gedanken: "Wir hätten Frau Drewsen fragen müssen, wo ihr Mann jetzt ist. Aber diese Frage war einfach nicht angebracht."

"In der Regel weiß die Abteilung Recherche schneller als die Gesuchten, wo genau diese stecken. Das wird auch bei Ole Drewsen so ein."


"Nun also zu Georgieta, zur Uniklinik Hamburg Nord?"

"Auf schnellstem Wege!"

Der PolTra 278 setzte sich geräuschlos in Richtung Hamburg in Bewegung. Eine Information lief über den Monitor, mit grünem Band.

====================================================

Landespolizei Niedersachsen
Polizeidirektion Bremervörde  - Information, Stufe 2 -
13.51h

Innenministerium der Republik Kroatien

Staatspolizei Kroatien                          über Interpol


*Vermisster **Jensen, Wolter,** Bliedersdorf, Bundesrepublik Deutschland*
*[ Vor Kornati verschwunden beim Schwimmen von einer Yacht aus ]*

Eine Person, die der Gesuchte sein könnte, ist auf Kornati aufgetaucht.

Die männliche Person hat eine lebensbedrohliche Lungenentzündung, ist sehr schwach und besitzt keine Papiere, um sich zu legitimieren.

Das Prozedere zur Identifikation läuft.

--- ---

==================================================

"Ergo, es war kein Mord, Maike."

"Kannst du die Möglichkeit eines Mordversuchs ausschließen?"

Mehr gab es nicht zu sagen.

Kurz darauf lief eine zweite Information über den Monitor. Mit grünem Band.

==================================================

Landespolizei Niedersachsen
Polizeidirektion Bremervörde  - Information -     11.11h

# Innenministerium Niedersachsen

Information, Stufe 2

Landespolizei Niedersachsen

Zentral-Direktion Hannover          13.55h

über Polizeidirektion Bremervörde          14.03h

# Ehrenurkunde

Die Bezirks-Polizistinnen

### *Maike Rupach*

und ***Georgieta Müller***

[beide Bezirks-Revier Mittelnkirchen]

werden für ihre wichtigen Verdienste

bei der Aufklärung des Falles Alen Becic

und

der Zerschlagung der Organisation VIER

gewürdigt.

Damit verbunden ist für beide Polizistinnen

**ein freier Tag nach ihrer Wahl.**

[ Datum mit Polizeidirektion abstimmen ]

## *Diana Baldor Schmiedt*

*Innenministerin des Landes Niedersachsen*

217

i.V. *Timo Thiedke,* Chef der Kanzlei des Innenministeriums

Personal-Abteilung 3.1

Für die Richtigkeit *Breding*

::: ::: :::

==================================

"Interessant", kommentierte Lennart, "Achte mal darauf, welche Namen wie groß geschrieben wurden. Ihr, besonders du, habt die ganze Arbeit geleistet und über dienstliche Grenzen hinaus nachgedacht. Dafür finden sich eure Namen ein bisschen hervorgehoben auf dieser Urkunde. Größer als ihr sind dagegen ein Ministerium verzeichnet und eine Ministerin. Die machte sich schließlich um die effektive Organisationsstruktur der niedersächsischen Polizei verdient."

Dummerweise verlangte ihre Partei noch vor kurzem vehement die komplette Veränderung der so ineffizienten Organisation der Polizeibehörden. Das war im vergangenen Jahr, als ihre Partei noch die Oppositionsbänke drückte."

In die private Verärgerung des Bezirkskommissars lief eine Information aus Bremervörde auf. Mit rotem Band.

==========================================
Landespolizei Niedersachsen
Polizeidirektion Bremervörde  - Information -    14.29h

*Herr **Ole Drewsen gesteht** die **Entführung** des Hundes*

218

Herr Ole Drewsen, Mendelsohnstr. 36, Dollern,
wurde in Stade verhaftet und wird aktuell in der Polizeidirektion Bremervörde befragt.

Bereits während der Fahrt von Stade nach Bremervörde
gestand er *Team2: BreVör*
*den Dalmatiner CHEF* des Ehepaares Wolter und Sara
Jensen entführt

und 120.000 Euro Lösegeld erpresst zu haben.

Drewsen wird jetzt zu den Einzelheiten seiner Tat verhört.

--- ---

==========================================

"*Chef* wird sich freuen, seinen Entführer hinter Gittern zu
wissen."

"Und Sara-Milena Jensen kann sich über die Rückerstat-
tung des Lösegelds freuen."

Kurz vor Hamburg meldete Bezirks-Polizistin Maike
Rupachs Dienstphone eine Information für sie. Mit rotem
Band.

==========================================

Landespolizei Niedersachsen
Zentral-Direktion Hannover / Dezernat 1/E Personal -

## *Abmahnung*

Bezirks-Polizistin Maike Rupach

[ Bezirks-Revier Mittelnkirchen ]

sorgte nicht für den notwendigen Verschluss ihres Dienstphones, sodass vertrauliche Daten von ihren Söhnen Jörgen und Hanno abgegriffen wurden.

Sie wird deshalb abgemahnt.

Sollte bis Ende 2047 [ Drei-Jahres-Frist ] eine weitere Abmahnung erfolgen müssen,
wird sie dem Streifen-Dienst zugeordnet.
Widersprüche gegen diese Abmahnung werden nicht zugelassen.
Die Kenntnisnahme der Abmahnung ist innerhalb von sechs Stunden mitzuteilen.

Personal-Abteilung, Disziplinar-Kammer 3.2

i.V. Breding
::: :::
==========================================

220

Maike teilte ihre Kenntnisnahme ordnungsgemäß mit. "Ob in Hannover die/der gleiche Sachbearbeiter*in Breding beide Informationen freigab?"

"Sicher. Gäbe es da zwei verschiedene Bredings, würde verwaltungstechnisch korrekt Breding I oder Breding II vermerkt."
"Irgendwie hat Breding keine Ahnung von Menschen-führung."
"Das darfst du ihr oder ihm oder divers nicht vorwerfen. Personal-Abteilungen führen Akten, aber keine Menschen."


Wieder summten die Dienstphones. Eine Information lief auf grünem Band.
==========================================
Landespolizei Niedersachsen

Polizeidirektion Bremervörde - Information, Stufe 2 -
14.56h


Mitteilung der Uniklinik Hamburg Nord
*Zustand Georgieta Müller, Team3: MiKi : **kritisch***


Die Uniklinik Hamburg Nord meldet als Ergebnis des täglichen Checks im Bereich der Intensivstation: *„Der Zustand der Bezirks-Polizistin Georgieta Müller ist äußerst kritisch.“*
--- ---
==========================================

Maike schlug die Hände vors Gesicht: "Wenn sie stirbt...
Wenn Georgieta stirbt, dann muss ich mit ihrem Tod
leben."

Lennart schnallte sich vorschriftswidrig ab, der PolTra
rollte sanft aus und parkte sich am Straßenrand ein.
Lennart schmiegte sich an Maike: "Sie kämpft ganz sicher
mit aller Kraft um ihr Leben, Maike. Georgieta weiß, dass
ihr Mann und ihre Töchter sie brauchen.

Sollte sie aber doch ...
Dann müssen *wir beide* mit ihrem Tod leben."

Während sie die Uniklinik Hamburg Nord betraten, lief eine
Information lief über den Monitor. Mit rotem Band. Maike
und Lennart waren zu sehr mit ihren Hoffnungen und
Befürchtungen befasst. So nahmen sie die Information erst
zwei Stunden später zur Kenntnis.

========================================

Landespolizei Niedersachsen
Polizeidirektion Bremervörde  - Information -     11.11h


Innenministerium der Republik Kroatien
Staatspolizei Kroatien                    über Interpol


*Vermisste Person gefunden:* **Wolter Jensen**
Bliedersdorf, Bundesrepublik Deutschland  [ Vor Kornati
verschwunden beim Schwimmen von einer Yacht aus. ]

Wolter Jensen befindet sich im Hospital von Kornati.

Ein Bauer brachte ihn mit seinem Eselskarren dorthin, begleitet von einem schottischen Ehepaar.

Es gehört zu einer 15-köpfigen Gruppe, die seit sieben Jahren im Süden der Insel in einem „Survival-Camp" lebt. Die Lebensbedingungen dort gleichen denen der Steinzeit. Deshalb kam kein früherer Kontakt mit Wolter Jensen zustande.

Jensen wurde schon vor neun Tagen, an einer Planke hängend, von drei Camp-Teilnehmern aus dem Wasser gefischt. Er war fast verdurstet, hatte einen Sonnenstich und konnte nur lallen. Die Gruppe päppelte ihn [unter Steinzeit-Bedingungen ] halbwegs wieder auf.

Als Jensen zusätzlich eine Lungenentzündung bekam, wurde beschlossen, den „Fremden" wieder in den Bereich der modernen Zivilisation zu bringen.
Alle Hinweise sprechen dafür, dass die ins Krankenhaus gebrachte Person wirklich Wolter Jensen ist.

Frau Sara Jensen aus Bliedersdorf, Bundesrepublik Deutschland, erklärte nach einem ersten Inter-Skip mit dem im Hospital liegenden Mann,

auch - wenn er erstens nicht sprechen könne

- und er zweitens sie noch nicht erkannt habe,

dieser Patient sei *zweifelsfrei* ihr Ehemann Wolter Jensen.

Zurzeit ist sie auf dem Weg von Bliedersdorf nach Kornati.

--- ---

========================================

## Kurz - Kompetent - Kritisch

## Europas rote Gespenster          Paler, Hein

<u>Band I    Friedrich Engels – Der kreative Schatten</u>

BoD, ISBN 9 783752 832730 --- 163 S., 6,99€

<u>Band II     Karl Marx – Genie und Chaot</u>

BoD, ISBN 9 783 750 427457 --- 212 S., 7,49€